PURGATORIO

INDICE

Prologo

Antes de morir estaba viva, o es quizá una forma de decirlo pues antes de saber que había muerto mi corazón seguía latiendo....

Supongo que es similar a las mujeres que asesinan en alguna parte del país a pie de carretera.

La diferencia conmigo es que me mataron y seguí viva.

Cada segundo que pasaba en el funeral mi corazón continuaba latiendo con tanta fuerza como me fue posible...

Me pregunto en que momento decidieron matarme?, como fue que se cansaron de buscarme? pero lo más importante quien les dio permiso de quitarme la vida, mi vida si no he decidido morir.

Solo puedo estar segura de algo es aquí en este funeral en mi funeral en el que he comenzado a vivir.

PURGATORIO

Es noviembre su frío es más filoso que los cuchillos de carnicería. Estos tacones me están matando, pero la ventaja de pensar en el cansancio y dolor que provocan mis tacones, es simple no pienso en el dolor que mi cuerpo entero está sintiendo, aunque claro son una pizca comparándolo con el puto dolor emocional.

Cuando era niña mis papas siempre me protegieron de cualquier accidente, cualquier caída, incluso si algún insecto me picaba se escandalizaban. Hacían todo por borrar la marca y el dolor.

Lo que jamás me explicaron era que este dolor es cruel hace sentir que ninguna herida fisca duele en comparación con esto prefiero la muerte.

Tal vez si me hubiesen permitido sufrir las caídas suficientes hoy no estaría sufriendo por pisar este pinche infierno.

La hora en la que tengo permitido ducharme ha llegado, el olor nauseabundo que desprende mi piel es parecido a un cadáver en estado de putrefacción. Aun no logro comprender como llegue a este sitio, tal vez este es el purgatorio o quizá el infierno no lo sé....

Se ha terminado mi tiempo de sentir lo único limpio que existe en este lugar, aun con la temperatura helada del agua mi deseo por quedarme ahí más tiempo es enorme, pero hacerlo me costarían otro par de golpes en la espalda y creo que ya no tengo espacio para otro…

Se llegó el momento de cubrir las heridas en mi rostro con maquillaje barato. Es difícil concentrarme la chica al lado mío no hace otra cosa más que solo llorar y suplicar, como si eso fuese a funcionar.

-Por favor no más... lo suplico.

La voz de esa chica se quebró en instantes, fue lo último que se escuchó de su boca pequeña. Seguramente en este momento ella nos observa y es libre, ojala pudiera tener la certeza de eso...

Mientras su cuerpo estético se roba la mirada de esta jodida audiencia yo me doy cuenta de la presencia de una niña pequeña sentada al fondo de la sala solo jugando pasivamente a las muñecas, no comprendo su tranquilidad. El ruido es espantoso, aun así pareciera que para ella solo existen sus muñecas.

 Se hace un nudo en mi garganta…Los recuerdos me invaden. Duelen mucho incluso más que cualquier latigazo o las quemaduras de cigarro...

De pronto me mira fijamente a los ojos, encorvando sus labios me sonríe sin malicia. Tal vez por inercia o solo por el recuerdo que esta niña me provoca le devuelvo el gesto.

-no lo hagas no la veas

Me dijo entre susurro el sujeto que conviva con los trapeadores, su voz era apacible. Se aproximó a mí con pasos cortos y torpes se detuvo solo para darme una servilleta de papel.

 Luego sin siquiera dirigirme una mirada se fue a los sanitarios su lugar de trabajo. Era claro que algo trataba de decirme, solo metí la servilleta a mi sostén tenía algo escrito pero aun no era momento de averiguarlo.

Continué con mi actividad de servir bebidas y hacer las cuentas, nunca pensé que hacer eso me ayudaría a sobrevivir.

 Después de tanto infierno soy afortunada de no tener el lugar de esas chicas en cada mesa de clientes... aunque claro no me librado de golpes y humillaciones puedo al menos estar satisfecha de no serle infiel a mi corazón usando mi cuerpo...

Luego de haber terminado con la actividad asignada me saco la servilleta que me entrego el amigo de los trapeadores. (D7H4) escrito con lápiz, por alguna razón obvia me inquieta lo que pueda significar pero sobretodo el que tenga algo que ver con esa niña pequeña.

Cuál es la razón por la que no debo verla o tomarle algo de atención, son muchas las preguntas que rodean mi cabeza.

Es momento de agudizar mis sentidos y ser astuta. Sin duda el sujeto de limpieza trata de mostrarme algo. Cuando pude observar a esa niña tome la decisión de irme. Ahora el único problema es saber la forma de hacerlo, sea como sea este no es lugar para mí.

Estar sumergida en mis pensamientos es la única forma de tener un poco de tranquilidad mental...

-tu como llegaste a este paraíso?

Una chica morena alta con estatura de modelo, sus ojos color miel su piel morena como la canela me miraba fijamente...

-no estoy segura como fue... no recuerdo mucho de mi llegada a este lugar.

-estoy segura que es cosa de la muñeca...

-quien es la muñeca?

 Es extraño que hable con ella eso está prohibido., creo que no mido el peligro a estas alturas ya nada me importa solo deseo regresar a casa. Me frustra no recordar nada de como llegue aquí, si tal vez supiera algo seria útil. Es momento de ser astuta.

La morena la chica que se atrevió a dirigirme la palabra repentinamente me sonrió y sin responderme se fue de nuevo a su mesa.

Así en esta rutina pasan un par de días y yo comienzo a frustrarme no he logrado encontrar nada de información y para variar el amigo de los trape-adores no ha venido a este lugar.

Algunas de mis teorías para escapar de aquí es provocar un incendio, hasta ahorita es la mejor opción. Así puede suceder una de dos posibilidades logro mi objetivo y me escapo de aquí o nos morimos todos de una vez.

Es trágico pero ya no soporto esto. He perdido la noción del tiempo, no sé cuánto llevo aquí creo unos cuantos meses... seguramente mi familia está buscándome mi pequeña familia de tres.

Es jueves. Hoy es día que estará esa niña aquí jugando a las muñecas. Es un día particular cuando ella está aquí es cuando vienen más personas pero no de forma íntima con las chicas creo que es su lugar de reunión, la mayoría solo se la pasan revisando papeles tomando licor.

Las chicas tienen menos clientes y yo más bebidas por servir. Parece que algo importante está sucediendo algunos sujetos se salen maldiciendo y otros ríen como si celebraran.

Sé que no debo ponerle atención a esa niña, sin embargo me es difícil.

-quieres que te ayude?...

Me pregunto la morena que se había puesto al lado mío yo solo asentí con la cabeza.

-y te han comido la lengua los ratones chica, anda la mesa del indio no tiene jarra de agua llévasela y yo atiendo.

Señalándome al sujeto con finta de vaquero sentado al final de todas las mesas justo al lado de la niña que juega con sus muñecas,

-morena estas segura?

-anda chica no pierdas tiempo anda…

Tome la jarra de agua y me dirigí a esa mesa la última para ser exacta.

Le coloque la jarra de agua a ese sujeto, el solo observaba a la niña y no se movía. La niña me miro, sonrió me extendió la mano para mostrarme una de sus muñecas, yo sonreí y le hice gesto de afirmación, me fui a la barra de nuevo.

Era evidente que aquel vaquero era su protector. Él bebió únicamente agua no decía palabra alguna a nadie.

Todo se ponía confuso y complicado de entender. Pero no podía detenerme no ahora.

Estar tras la barra haciendo cuentas tenía sus ventajas, podía tener acceso a papel y lápiz eso es herramienta para mí, tendré que usar claves. Así podre comunicarme sin levantar sospechas.

Necesito hablar con el sujeto de limpieza él tiene información de cómo salir de este lugar estoy segura. Necesito saber que quiere decir lo que me escribió en esa servilleta.

Las horas pasaron más rápido de lo usual supongo que mi labor lo hace ver de esa forma, no imagino lo eterno que debe ser para cada una de la chicas que han estado tras las cortinas toda la noche.

 Aunque tengo que admitir que me he desensibilizado un poco a todo esto que vivo día a día, pero entendí que es la única forma de sobrevivir en este maldito lugar.

La porquería humana se reproduce con tal facilidad, es tan triste ver que no existe dignidad ni un solo valor. Me perdí a mi misma cuando desperté en este lugar, estar vulnerable rodeada de mujeres golpeadas y semidesnudas hizo que perdiera unos gramos de razonamiento.

 Ya no se la cuenta de los días o noches solo conozco los azotes en mi piel. Pero lo prefiero así esos azotes me recuerdan que mi cuerpo sigue siendo de una sola persona.

LA TELARAÑA

Durante meses no sé cuántos, he logrado reunir información de este lugar y su telaraña de mafiosos, en su mayoría se llaman así mismos empresarios. Son una red de maleantes donde hacen todo tipo de cosas ilegales, narcotráfico desde estupefacientes hasta tráfico humano ya sea vivos o muertos da igual según sea la necesidad del cliente.

Al principio de mi llegada creía que se trataba de prostitución pero esto es más turbio que agua de coladera. Cuando información llega a mí, las ganas de irme se apoderan.

La maldad de los humanos está terminando con el respeto, los sueños la educación. Es real que el ser más repugnante y peligroso del planeta son los humanos.

Tengo miedo que a mi pequeña el destino le presente a uno de estos empresarios. Empresarios de mierda eso es lo que son, solo porquería.

 Durante la mayoría de mi existencia he sido terca y lo seré ahora. Tuve tiempo de estudiar a cada uno de los sujetos que visitan el lugar con ayuda de la morena nos comunicamos a claves por medio de servilletas nos ha funcionado.

 Puede ser que parezca estúpido y muera a mitad de mi plan, sin embargo prefiero eso a renunciar por completo a mi familia de 3, eso no va suceder aun en mi último respirar lo daré todo para mi hija para ver de nueva cuenta a mi marido.

Esta es una organización demasiado grande y bizarra, aquí habitan personas de todo el mundo, no imagine jamás que conocería a personas extranjeras con otras culturas pero de la peor manera.

Están entre carteles, hasta diputados y algunos presidentes de otros sitios. Ya sea por negocios o solo por placer, lo que todavía sigue siendo exactamente igual de jodido. Estas jovencitas podrían ser sus hijas o hermanas. Y aun así son unos cerdos eso no les interesa.

Cada mes hacen intercambio de personal femenino. Lo digo de esta forma para no sentirme tan miserable al hablar de forma literal.

Lo poco que se del lugar es que lo comenzaron la unión de unos colombianos y mexicanos haciéndose socios. Luego al poco tiempo al ver los buenos resultados para ellos esto creció y ahora son socios de otros países. Esto es literal una telaraña una vez que se está involucrado en esto ya no se puede salir.

A todas estas personas les gusto ganar dinero a costas de personas inocentes, destruyendo familias enteras. Cuando componen las canciones y las películas seguramente que no es solo creatividad si no que es el pan de cada día para mucha gente.

Como correr a pedir ayuda a las autoridades cuando se les ve aquí en cualquier mesa llamando la atención para que las niñas semidesnudas les atienda, si digo niñas pues a la mayoría de esa edad las reclutaron obligándolas a crecer. Ellas siguen siendo niñas con cuerpo de mujer.

Toda seguridad se terminó. Ahora la ponzoña y el veneno de los depredadores es lo único que estas mujeres y niñas traen entre las venas no existe más nada para ellas. Perdieron toda esperanza de salir al mundo.

Algunas de ellas llegaron aquí creyendo que habría oportunidad. Que tal vez realizarían sus sueños sin imaginar que en lugar de tener sueños vivirían una misma pesadilla.

Darme cuenta de esta cruda realidad me hiere hasta los huesos.

La única forma de no perder la cabeza es la fe. No existe otra respuesta, necesito una pizca de fe para no caer a llorar. Me queda claro que suplicar no funciona, pedir ayuda no es opción si el gobierno que debería protegernos está aquí justo ahora, ya ni tener miedo es opción no tenemos derecho literal a nada.

PLAN DE ESCAPE

Me ha costado hacerme a la idea de permanecer sin renegar al día a día. Sin embargo saber que la morena quiere ser parte de una posibilidad me da esperanza y valor.

El sujeto que hace la limpieza regreso a sus labores y la morena lo incluyo en este lio ahora somos 3 que vamos a desafiar un montón de gente peligrosa. Me ha dicho que su nombre es Gustavo aquí todos le dicen tavo, lo increíble es que jamás me percate de eso.

 Es un tipo fuerte su estatura no es tan alta de hecho la morena le gana un poco, tiene una marca en el brazo izquierdo no he distinguido lo que es exactamente solo sé que parece a las marcas de las reses.

Al parecer él está enamorado de la morena y por eso no pudo negarse a colaborar. En hora buena.

 El plan puede ser absurdo pero lo cierto es que el que no arriesga no gana, por fin se lo que significa d7h4. Es el día 7 dentro de 3 meses y la hora 4 momento muerto en el que vamos a escapar, según la morena se va celebrar el cumpleaños de uno de los dueños de este lugar y lo que me han explicado celebra embriagándose y haciendo fiesta por lo cual la distracción será exacta.

La idea principal es embriagar a todo mundo de forma pasiva, provocar un incendio, esa era mi idea al no tener otra manera de salir, pero la morena me ha dado su opinión y no parece ser tan mala la idea solo cosa de perfeccionar.

 Al hacerlo durante su embriaguez los guardias estarán más preocupados por sacar a sus empresarios del lugar que no tendrán tiempo de contarnos.

 En la bodega están las rutas de escape que tienen para emergencias en caso de redadas lo que nos indica que la entrada principal es el objetivo, nuestro fiel tavo conseguirá un teléfono desechable para dar ubicación a periodistas de la zona entonces suponemos que abra gran alboroto y es la única oportunidad de irnos.

También me dieron información de la niña que de vez en cuando viene a jugar con sus muñecas se llama estrella tiene 5 años es hija del fundador de este paraíso empresario pesado en esta telaraña, principal dueño, será quien festeje su cumpleaños.

La madre de estrella es la mentada muñeca. Encargada de reclutar a cada mujer inocente llena de sueños.

Pero según me explicaron la niña no sabe quién es su madre, no dejan que la muñeca se involucre con la pequeña. La existencia de la niña no fue planeada por su padre así que fue la sorpresa más grande para él, pues no había podido tener hijos, es su adoración

. El blanco para muchos de sus enemigos, la muñeca Por ser la madre de estrella tiene ciertos privilegios dentro de todo esto no debe tener vínculo con su hija pero si tiene riqueza y un puesto asegurado en este mundo.

Saber eso me causa cierta inquietud es una inocente que corre peligro cada segundo de su existencia me recuerda a mi hija tan frágil tan hermosa.

 Deseo salir libre de esto, cada vez es más difícil no involucrar emociones, ya le tengo cariño a la morena.

No se usar armas de ningún tipo, tavo se hará cargo de eso yo de la inteligencia en este lio, le pido a dios que todo funcione. En caso de fallar el buen tavo tendrá 3 armas que serán para una de dos cosas para defendernos o para suicidarnos.

Siendo honesta la segunda opción es tentadora

No puedo evitar sentir emoción ante la posibilidad de ser libre… pero sobretodo anhelo con ansia estar en casa con mi familia, oh por dios he perdido la cuenta del tiempo en este lugar. Ahora paciencia y astucia.

Mañana será el día en el que la morena tratara de incluir a otra chica en este lio, dicen la unión hace la fuerza así que cuan más chicas sean deseosas de escapar será sencillo llevar a cabo todo esto.

Me dispongo a dormir las 4 horas permitidas, es necesario estar bien. Le pido a dios cada mañana que cuide a mi hija, que le de fe a mi marido de permanecer completo mientras regreso, que me dé fuerza de no perderme a mí misma.

Con lágrimas en los ojos comienzo a orar como cada día de pronto una carcajada escandalosa me distrae y roba mi atención.

-que sucede ? – pregunte con hostilidad a la chica de al lado, me veía fijamente.

-aun tienes fe? , Ajajay que tonta eres crees que por estar hablándole vas a salir de aquí? Estas jodida…

-mi fe no me trajo a este lugar, así que eso no tiene por qué cambiar, deberías orar un poco tú, quizá la amargura en ti seria menos…

La chica solo me observaba incrédula por mi respuesta, era guapa sin duda ojos claros su piel blanca, tenía cabello pelirrojo que causaba ternura sin embargo la amargura que ella destilaba me hacía pensar que no era solo por estar aquí ahora. Ella se dio la media vuelta cubriendo su cara sin decir más nada.

 Me sentí mal por ser grosera con ella total estamos todas en el infierno y pedir milagros es como gritarle a un sordo para que escuche…

Ese momento fue preciso dormí profundamente mi sueño era casi real, casi perfecto no había nada de esto solo estábamos mi hija mi marido y yo una playa preciosa, era paz nada podía dañarnos.

De pronto sentía que me ahogaba en ese mar azul, se tornaba cada vez más profundo di el salto abrí los ojos, me estaba ahogando en realidad. Mojada a chorros.

-despierta perra… no estas de vacaciones…

Un grito me confundió, la voz del sujeto encargado de nosotras me tiro una cubeta de agua helada. Ese maldito arruino mi sueño. Me perdí en ese sueño tan perfecto que no desperté a la hora que se suponía lo haría.

Los empujones y azotes valieron la pena por sentir tan cerca a mi familia de 3 aunque fuera solo por instantes en sueños.

Tavo aparte de hacer la limpieza, es el encargado de alimentar a las mascotas del padre de Estrella, por lo que tiene acceso a sedantes, todo ese tipo de cosas. No quiero averiguar cuáles son sus mascotas menos cual es el alimento.

 Lo único es que hemos llegado al acuerdo de no matar a nadie. Mi idea es sedarlos en lugar de matarlos. No quiero ser una asesina.

Tavo tiene municiones muy bien guardadas no sospecharían del jamás.

RECLUTANDO

Ahora que soy consciente de todo lo que sucede y de mi respiración sé que todas esperanzas de volver a mi hogar, dependen de mis acciones. Esto cada día que pasa duele de forma punzante, no sabía que el alma doliera.

No tenía idea que los recuerdos pueden herir tanto a alguien.

El sufrimiento se enfrasca en promociones de placer. Esta mezcla rara de emociones me hace vulnerable a cualquier situación.

Hoy es día de entrega, se trata de recibir a las nuevas inquilinas para este hotel de cinco estrellas. Esto sucede solo una vez cada 2 meses.

Estamos en otoño o al menos eso pienso por la plantita que crece en una maceta esta al final del pasillo cerca de los baños me he dispuesto a ponerle agua a diario, quizá yo sea como esa planta perseverante en vivir por alguna extraña pero muy extraña razón.

Lo único que tiene vida aquí. Sus hojitas comienzan a tornarse de color amarillo, creo que se aproxima el invierno.

Si tan solo supiera que tan lejos estoy de casa, quizá sería probable tener éxito y escapar…

Me prometo a mí misma no desperdiciar ningún segundo y cada respirar estar feliz con mi familia son mi motor son todo lo que le da sentido a los latidos de mi corazón, no concibo existir sin ellos.

Me pregunto qué cosas habrá aprendido mi pequeña será que ya habla más palabras, o quizá ya se pone solita sus zapatos. Me da una punzada en el pecho este dolor es tan crudo carajo.

Hoy particularmente tengo una chispa de esperanza y buen humor así que solo es cosa de sobrellevarlo, cuando se hacen las cosas de mejor manera posible puede ser más sencillo.

Percibo un ambiente distinto cada una de las chicas sigue en sus labores como cada día pero algo esta diferente, la morena me hace llegar una nota [debes conocer a la nueva inquilina…

Reconozco que tengo curiosidad al respecto, tal vez la morena me diga eso porque quizá esta chica se quedara con nosotras, desde que yo llegué aquí solo escucho decir están completas y las mandan para otros sitios, solo sustituyen a las que van dejando de existir.

Esto es diferente, nuevo.

Si la morena me ha dicho que debo conocerla es muy probable que ya tenga contemplado incluirla en el plan, eso es bueno más personas dispuestas a salir.

El diseño de este lugar es demasiado lujurioso, los colores de sus paredes son un rojo sangre, los pasillos color café, es curioso cómo hasta para esto debieron calcular a la perfección la decoración.

Seguramente pensaron que si ponían un color más cálido no les funcionaria la clientela.

Hoy están muy activas las inquilinas de aquí parecen incluso hasta entusiasmadas, me imagino que tendrán alguna propina o recompensa. Yo prefiero concentrarme en mi labor.

El tiempo pasa rápido, el hecho de hacer mi trabajo sin argumentar me genera alguna ventaja pues los latigazos disminuyen considerablemente.

Otro de los sujetos que aquí trabajan uno de los gatilleros ha sido amable conmigo es un tanto delgado de tez moreno claro es un poco extraño la mayor parte del tiempo solo está jugando con su celular pero es sumamente auditivo. Al mínimo ruido reacciona.

 Me ha dirigido la palabra un par de veces en las que incluso puedo decir ha hecho que me olvide del lugar en el que me encuentro. Tiene buen sentido del humor aun no me explico cómo lo consigue. Pero es lo que mejor me viene.

 Se llama juan Luis, estuvo varios años sirviendo para los militares, le bastaron unos millones y una dura traición para cambiarse de bando, lo reclutaron por su excelente forma de ejecutar casi impecable.

 Es sanguinario pero con sentido del humor el jamás mataría un niño esa es su única regla lo demás puestas de juego puestas de honor.

Sonara tonto pero juan Luis es amable, educado y Cortez, no sé exactamente que lo orillo para tomar este camino y no me refiero solo a el mundo de mafiosos sino también para que allá sido militar eso no es tan diferente a esto es igual de miserable la calidad de vida.

Sin duda confirmo que cada persona vive su propia guerra interna, solo que ya es decisión propia ganarla, perderla o rendirse.

La morena me hace llegar otra notita, me hago la distraída voy al baño para leerla. Es genial buenas noticias la morena ha envuelto bien a la nueva inquilina para que se una a nuestro plan ahora somos 4 espero que la morena siga convenciendo al menos a otro par de chicas y así sería un poco menos complicado todo.

 Por otra parte Nadie me saca de la cabeza que tavo está enamorado de la morena solo basta ver la forma de su mirada de borrego que pone cada vez que la morena hace acto de aparición.

 Es una pena que no puedan vivir plenamente su amor por estar en este lugar.

Tengo la esperanza que al salir de aquí ellos salgan y hagan su vida feliz lejos de aquí.

Yo sé que la morena siente lo mismo por tavo solo que tiene miedo, ella ha sufrido la peor de las desgracias le vendieron a su hijo, no sabe si vive o muere, se ha propuesto encontrarlo y sé que no descansara hasta conseguirlo. Exactamente yo haré lo mismo volver a ver a mi niña.

LA MORENA

Por derechos de antigüedad le permiten a la morena hablar conmigo, ella ha logrado que incluso nos toque estar la mayoría del tiempo juntas, no sé cómo lo ha hecho pero es algo bueno casi lo veo como una bendición.

Durante días me ha dado tantos detalles de todo lo que sucede, si no fuera porque lo estoy viviendo de verdad que no podría creer nada de lo que me ha contado.

La morena tiene 29 años su hijo esta o estaría por cumplir 14 años lo que significa que en plena adolescencia se convirtió en madre. Su hijo no fue planeado por desgracia fue producto de una violación.

 Sin embargo ella lo amo desde que supo de su existencia, la morena creció sola en medio de las calles de Colombia.

Cuando se enteró de su embarazo logro salir del Bronx otro sitio igual de jodido que este, se dispuso a trabajar haciendo mandados, lavando ropa ajena no quería que su hijo tuviera hambre como ella.

Una desafortunada noche conoció a la muñeca, prometiéndole mejor vida y una educación para su hijo pequeño en aquel entonces él tenía tan solo 6 años.

 La muñeca supo cómo envolver a la morena convenciéndola de irse de su país.

Pero a mitad del camino los monstruos disfrazados de personas le arrebataron a su hijo para venderlo a un par de gringos. Es lo último que sabe de su hijo.

El odio que siente la morena por la muñeca es contagioso ya siento que la aborrezco solo de imaginarme las escenas que me describe.

Ella no ha intentado escapar porque la muñeca la amenaza con jamás decirle de su hijo, me duele en el alma escuchar a la morena hablar de su hijo son tantos años que han pasado.

Apenas estoy sabiendo cual es el nombre de la morena ella se llama catalina, pero todos la nombran morena, al ingresar a aquí ninguna de nosotras tenemos nombre, familia ni vida solo somos objetos o mercancía según sea la necesidad del cliente. Como lo dije antes somos lo que alguien necesita.

-catalina, tienes un nombre digno de mencionar…

-los buitres no pensaron eso, me apodan la morena y vale que no me digas catalina nunca.

-morena tienes más familia?

-humm… mi madre era madre soltera, papa murió en las guerrillas de Colombia. Él era un buen papa sabes, el sí que me quería… mi madre se casó con un pelado que le daba duro, ese mal parido me abuso tantas veces. Yo estaba muy

Chiquitica. Y nada me fui de casa terminando en el Bronx desde los 8 años, crecí en las calles.

-lo siento no debí preguntar. Eso es doloroso recuerdo para ti.

-no damita está bien, eso ya no me duele sabes desde que tuve a mi hijo nada me duele. Más que su ausencia.

-dime morena tienes alguna pista para encontrarlo?

-solo la hija de puta de la muñeca ella es el pase a mi hijo.

Sus ojos tristes al mencionar a su hijo, la voz se le quebraba en cada palabra, quise distraerla cambiándole el tema

-Cuéntame de esa niña, es inocente.

-estrella una niña preciosa, es una lástima la madre que la pario. Ella no es hija del patrón ella para salvar su pellejo le dijo al patrón que es el papa y lo mismo al indio.

 Esa mal parida se le metió por los ojos a el indio lo emborracho y le hizo creer que ellos habían estado juntos, el indio consiguió el puesto de guarda espaldas de estrella para estar cerca de ella.

 El patrón es especifico en cuanto la pequeña como cree que él es el papa no deja que absolutamente nadie se le acerque si él no lo ha autorizado.

 El problema es que el indio también piensa ser el papa de estrella y por eso la protege.

 Aquí todos nos arrugamos cuando se habla de ella. Nadie dice nada porque todos le tenemos respeto a la niña sabemos que si el patrón se entera que no es su hija el destino de estrella puede ser el peor.

 Esta vaina está caliente estrella puede morir si el patrón se entera que lo han engañado de pasada todos porque todos lo sabemos

Dentro de su inmunda personalidad el patrón no deja ni siquiera que la muñeca se acerque a la niña, dice es mala influencia para ella.

 Es sordomuda, esa pobre niña tiene dificultades de salud de eso la muñeca es la única responsable aun sabiendo que tendría un bebe seguía consumiendo de todo, y ahora esta pequeña paga las consecuencias.

El indio da la vida por esa niña, verraco. Sabe bien como es la vuelta hubo un momento que casi muere desangrado por el plomo, pero no se arrugo sabes se puso de escudo y estrella no sintió nada.

 Parcera no sé cómo el indio se metió en esta vaina de porquería no es malo... no toma ni jarabe para la tos.

La muñeca supo bien manejar sus cartas.

-entonces si no toma jarabe para la tos como fue que se dejó embriagar?

-parcera esto es fácil de responder de la misma manera que nos reclutan así mismo le paso al indio.

 La muñeca se le resbalaba como jabón pero él no la tocaba ni con la mirada, eso le ardió a la hija de putas, una mala noche le ofreció una bebida según la gran perra para hacer amigos pero ya iba la dosis surtida.

 Le tomo fotos videos parecía que si estaban juntos pero no creo que el indio la tocara.

-oye entonces eso explica el por qué solo toma agua verdad y no habla con nadie.

El indio esa man desde que supo que la pequeña era sorda y muda decidió no decir una sola palabra. Fue como un pacto que mientras la pequeña estrella no pueda hablar él tampoco lo hará y sabes ya son 5 años sin escuchar su voz.

 Así como lo vez es la mano derecha del patrón es un perfecto asesino que cualquier cartel quisiera tener. Pero el indio es la sombra de estrella y no dejara este sitio mientras esa pequeña respire.

-cuál es el nombre de indio?

-eso solo él lo sabe, es un man muy reservado cuando yo llegué aquí él ya estaba, lo raro es que jamás mira a ninguna de las chicas ni por segundos, es el único man que no ha pedido favores especiales al patrón, la muñeca se encapricho con él, hija de puta sí que abuso de él. Todos le tenemos respeto al indio uno que otro miedo.

Otra vaina que debes saber es que estamos en Tlaxcala, se le conoce como la cuna de los padrotes creo que por intuición de eso ya te diste cuenta.

-Tlaxcala? Como chingaos llegue aquí, Estoy lejos de casa muy lejos yo vivía en Guadalajara como llegue aquí morena esto es un infierno.

-Asi que no des papaya chica. No des papaya, los mal paridos están alertas.

-papaya? Que rayos significa eso morena soy mexicana.

-Que no te duermas chica ya tu sabes que no seas un blanco fácil ustedes los mexicanos son muy tercos y se dejan llevar pero rapidito.

Mira parcera no había querido salir de aquí pero esta vaina me tiene harta y esa muñeca me la va pagar tú me entiendes mi hijo está solo en algún lugar, parcera me vas a ayudar a encontrarlo. Yo sé que tú eres verraca algo me dice que vas a dejar historia chica ya me entiendes.

 Estarás con tu hija con tu marido. Te vas acordar de mis palabras lo sé. Pero yo me voy a vengar de la muñeca.

-tu sabes cómo llegue aquí?

-Si parcera, la muñeca es quien recluta, a ti particularmente te estuvieron venadeando como dicen ustedes, sabían que eras buena con los números te necesitaban.

Yo sé que tu no recuerdas nada puede ser que no lo hagas también se encargan de eso. La muñeca es como las serpientes se mete hasta el rincón, más pequeño y agarra sus presas.

 Lo que se de ti es que cuando te agarraron iban por otra mexicana pero esa les dijo como llegar a ti y lo que sabes hacer con números.

 Esa que fue de sapa está en otro hotel de cinco estrellas aquí mismo en Tlaxcala. Esa mal parida es socia de la muñeca.

-morena saben de mi hija? Saben mi vida la vida que tenía saben?...

Entre lágrimas y sollozos le pregunte a la morena esto es mucho peor de lo que yo imaginaba que pasara si quieren ir por mi hija, si le hacen daño o si después van tras mi marido.

 Dios mío no lo permitas, esto es espantoso como se puede vivir en un mundo así donde somos carnada en un trabajo ordinario. Empiezo a hiperventilar.

-no te arrugues parcera, vamos a salir de aquí, yo voy a encontrar a mi hijo y tú te vas por tu familia cuando estés con ellos se van a un lugar chévere a vivir, yo a vengarme de la muñeca te lo juro que esa hija de gran putas no va seguir respirando cuando salgamos de acá. La vaina nos va salir bien.

-morena tú tienes optimismo y valentía no sé si pueda lograrlo, pero si algo falla por favor buscas a mi niña a mi marido les haces saber cuánto los amo.

-parcera lo harás tú. Lo juro por mi hijo vamos a salir.

Me asusta un poco empezar a sentir odio por la muñeca, no merece ni la compasión ni el perdón de nadie. Tantas aberraciones que ha hecho y escuchar a

La morena de venganza me entra como punzada las ganas de ser su cómplice con esto. Quiero irme a casa, abrazar a mi niña besar a mi esposo y tomar la ducha caliente, todo esto es aberrante.

Creo que en este momento en el que escucho a la morena hablar, en este preciso momento en el que me doy cuenta que quizá la chica que reía de mis oraciones hace un par de noches tal vez tiene razón, qué sentido tiene tener fe en algo que

No puedo ver, la compasión se ha perdido en este lugar. Tengo miedo dejar de creer es lo único que me ha mantenido despierta con la esperanza de volver.

Aunque siendo un poco honesta conmigo misma. A estas alturas un milagro es la lotería para un vagabundo, técnicamente imposible.

DECISIONES

Supongo que es decisión propia dejarme caer rendirme o tomar fuerza y lograr irme. Hare todo gastare mi último respiro.

Cada persona vive su guerra interna, será que podre ganar la mía? No se no puedo estar segura de eso pero si de algo cuando las personas se rinden se termina la libertad no antes no después es en ese momento en el que le sedemos al enemigo nuestra libertad así sea solo de pensar.

Yo decido no rendirme así me maten, porque si existe vida después de la muerte no dejare de luchar a eso venimos a este mundo a correr, a reír a vivir.

Esto creo es lo más parecido a la prisión, solo existen pocas posibilidades de salir libres sin algún trauma posterior a este encierro. De igual forma muy pocas las opciones que se tienen para sobrevivir dentro de este cautiverio.

Alianzas, condición física, perseverancia y mucha atención a todo lo que se escuche se vea por los siguientes días, noches minutos.

De pronto como una especie de iluminación me llego a la cabeza juan Luis, él nos puede ayudar y facilitar todo. El asunto será como reclutarlo a nuestro equipo no tenemos los millones para sobornarlo.

 Debe existir otra cosa aparte del dinero que lo mueva, será otra tarea que resolver y pronto.

En las pocas ocasiones que me ha dirigido la palabra me di cuenta que el al igual que todos nosotros tuvimos una vida antes de esto, y de la misma forma él tiene una pena guardada muy en el fondo que no deja mantenga la paz por ningún momento.

Ese debe ser el inicio, saber cuáles son sus debilidades y sus penas para ganarme su confianza, o tal vez lo haga la morena ella es bueno haciendo eso.

Eso me recuerda que no me explico nada sobre la chica nueva, creo que se enfocó en cosas relevantes y valla que lo son.

 Me cuesta trabajo dejar de pensar en todo lo que me dijo, es como si una bomba de información estallara en mi cabeza mi cerebro tratando de procesar cada una de las palabras.

Justo en medio de caos emocional recuerdo los números, y todo lo que me ha dado un buen lugar entre tanta porquería el orden no altera el producto…

Los días transcurre de forma rápida incluso se siente que el tiempo nos está alcanzando.

Entre las municiones que el buen tavo ha conseguido tiene un par de radios que no se pueden rastrear, no es el momento de usarlos pero es algo que nos da un poco de esperanza y puede ser que hasta seguridad de seguir con el plan.

Me ha dicho que en cuestión de horas tratara de conseguir un móvil me prometió que me cederá la única llamada que podemos realizar. Me da un poco de miedo sentir tanta confianza puesta en mí, es como si yo fuera su boleto hacia la libertad.

Aunque se exactamente a quien llamar, no debo hacerme demasiadas ilusiones porque aquí lo único seguro es la violencia solo eso y más nada.

Llego el momento de regar la plantita ha estado muy olvidada.

Aunque parezca absurdo la plantita es la única energía positiva que creo habita en este lugar, y no dudo que contra su voluntad. No se cómo ha sobrevivido sin rayos de sol o aire libre como debe ser.

Quizá sea por sus ganas de vivir. Al igual que las ganas de vivir de tantas chicas con las que me encuentro en el pasillo a diario a la misma hora.

Yo solía ver las noticias y escandalizarme por los reportajes amarillistas que salían a diario claro con diversas tragedias, pero jamás imagine que sería yo una de las víctimas o hasta protagonistas.

Es casi similar a cuando se tiene un accidente o una enfermedad terminal, se quiere vivir se quiere sentir cada instante.

Algunos corren con suerte y envejecen al lado de su eterno amor viendo crecer a los hijos y malcriando a los nietos, solo que no todos corren la misma suerte algunos jóvenes sin conocer el amor mueren día a día. Nada es justo.

AMARGURA

Como cualquier cazador antes de cazar atrae a su presa, utilizando la mayoría actos seductores deslumbrando a su víctima.

Se ha llegado la oportunidad de conocer a la famosa muñeca, ahora si pinche muñeca voy a descubrir de que pie cojeas.

Resulta que tendré que ayudarle a la mentada muñeca con las cuentas de su empresa fantasma nomas eso me faltaba servirle a esa gran perra, se me sale lo vulgar solo de pensar en esa maldita.

Pero bueno debo aprovecharme de eso ahora que comience a trabajarle sabré cómo y por donde llegarle, la muy pendeja resulto bastante ignorante cuando de números se trata.

Estaré sirviendo bebidas de lunes a sábado los domingos le ayudare a esta criminal. La morena en mi ausencia hará mi labor cosa buena ella se va encargar de reclutar, y el tavo seguirá consiguiendo municiones para dar el golpe final, estamos cerca.

En estos últimos días la morena ha estado de peor humor porque la nueva reclutada está coqueteándole a tavo a cada momento, aunque me parece inútil pues él está enamorado de la morena, eso me parece tan original como para un guion de alguna telenovela de esas en las que los villanos mueren y el protagonista termina casándose siendo felices para siempre.

Jodida vida esa historia ya la viví y no fue mi juntos para siempre deberían mostrar la realidad para que menos inocencia fuera arrebatada así de fácil.

Todo es una misma telaraña de porquerías humanas eso es lo que nos rodea y nosotros contribuimos a eso. Odio esta realidad.

Tal vez yo soy el costal de boxeador, tal vez yo soy la alfombra roja, o quizá soy el anciano en el asilo olvidado por sus ingratos hijos no lo sé, soy todos soy nadie.

Soy un pinche recuerdo y eso me aterra, que estará pasando en casa, será que el amor eterno que me juraron frente al altar aún está vigente o ya no mencionan mi nombre en casa.

De cuantas maneras se puede matar a alguien seguramente si me hubiesen preguntado esto hace un par de años habría dicho que de miles con artefactos peligrosos, pero ahora estoy convencida que matar a alguien es olvidándola el olvido ese es el fin de cada ser vivo.

Comienzo a pensar que estoy muriendo de forma lenta, quizá están olvidándome y me desvanezco como un mal sueño por la mañana.

Amargura seria la descripción más precisa de todo lo que tenemos en común, las carencias de piedad.

Quizá una taza de café cada día va borrando el sabor de mis labios, eso puede estar sucediendo justo ahora.

Tal vez no se encuentran más fotos mías en casa, ojala no estén olvidando dar agua a mis tulipanes.

No nací para esto. No traje a mi hija a este mundo para que fuera huérfana de madre eso no. Yo decido como acabar conmigo. Y estos pinches monstruos no son quien me acaben. No he pedido morir aun.

Tenía una vida perfecta o al menos eso sentía. Pero ahora estoy tocando el infierno en tan solo un abrir y cerrar de ojos. Acostumbrarse a esto es tan igual como enamorarse del diablo.

Escuche por mucho tiempo una frase que no tenía sentido para mí, bueno aclarando no tenía sentido hasta este momento. Si no puedes con el enemigo únetele.

Ya tengo claro cómo voy a lograr exterminar a la muñeca, pienso que con un golpe de suerte no será necesario que me ensucie las manos, será ella misma la que se ahogue en su propio veneno. Me ganare su confianza. A fin de cuentas ella me necesita para sacar a flote su negocio.

Si cada persona en este lugar tuviera una pizca de esperanza y dos de valor nadie seria esclavo de nadie pero aquí y en todas partes gobierna el miedo.

Que sería de las personas en un mundo paralelo? Solo dios lo sabe. Estamos en una montaña de porquería quien tiene puestos importantes en el mundo son los más sucios que siguen de pie a espaldas del agricultor. Aún existe justicia? Lo dudo eso se perdió hace un par de amaneceres.

Volviendo al asunto de la pinche muñeca, tengo ideas un poco arriesgadas pero sé que podrían funcionar, solo debe ser buena estrategia para no afectar a estrella.

Esa pequeña tan linda he inocente, cada vez que me llega a la mente es como si fuese mi propia hija no toleraría que ella viviera algo similar a lo que vive esta niña.

No debería ningún niño tener que pasar por este tipo de aberraciones. Pero claro si no existe la crueldad no conoceríamos la compasión valla lección.

Creo que ya estoy segura de llevarme a estrella conmigo cuando escape de aquí es una decisión, me la llevare le daré un hogar.

De sobra sé que eso es casi como suicidio pero si ya estoy dentro de esto no tengo mucho por perder. Duele reconocerlo pero no tengo la certeza que me esperen en casa, puede ser que ya sea solo un recuerdo.

La fecha para llevar a cabo el plan de escape se está aproximando y solo tengo días para dejar todo perfectamente planeado.

Llevo un par de horas escuchando las sandeces de la muñeca y ya me siento asqueada con tanta basura que sale de su inmunda boca, quien diría que en un cuerpo casi perfecto y una cara tan bonita existe más maldad acumulada que en 100 terroristas. Bueno las apariencias engañan.

El cuarto donde trabaja la muñeca es extraño parece museo de posiciones eróticas tiene en cada espacio de la pared fotografías de personas semidesnudas otras totalmente desnudas, unas con mensajes escritos hacia la muñeca supongo que es como autógrafos.

Tal vez sean estrellas del porno no lo sé pero me resulta incómodo y perturbador poder concentrarme en un lugar así.

-oye tu… damilla como vas con eso?

Me pregunto la hija de la chingada con voz chillona.

-faltan un par de cuentas y termino.

-bueno damilla haz que todo quede bien si o qué?

-claro yo todo lo hago bien, ya vera los resultados.

Me miró fijamente con curiosidad, por instantes sentí un escalofrió que me recorrió completamente.

-ya se verá damilla si haces las cosas bien puede que tengas beneficios.

Salió de la habitación con sus carcajadas como si hubiera dicho un chiste, estoy segura que si alguien me hubiese platicado todo lo que he visto no le hubiera creído. Ojala a mí sí me crean cuando vuelva a casa.

Han pasado las horas más largas de mi vida justo hoy, por fin le termine sus cuentas a la pinche muñeca.

Parece que ha quedado feliz y bueno eso lo compartimos las dos porque yo también estoy feliz, ella no tiene idea de lo que tengo planeado.

Se ha llegado el momento de regresar a mi otra labor con la morena tengo en orden mis ideas ella debe saber cómo reclutar a juan Luis así que estoy ansiosa por contactar a la morena.

  Mi llegada al infierno número uno causa revuelo nada está en su lugar la morena no está donde suponía, algo está mal. Para no levantar sospechas de mi preocupación me dirijo directamente a la barra fingiendo que no pasa nada.

Mientras hago lo de cada día se aparece tavo pidiendo un vaso de agua sus ojos me gritan algo que no alcanzo a escuchar, tenía un golpe en un ojo.

Cuando le paso el vaso me deja una nota discretamente, se toma el agua y se va con los trapeadores.

Mierda está todavía mucho peor de lo que imaginaba. Si tavo tiene ese golpe es muy probable que a la morena le fue peor.

Se llevaron a la morena, la muñeca pidió el cambio mientras yo esté aquí ella estará allá nos han separado, parece que la muñeca sospecha algo.

Me asusta la mirada de tavo, no se es bajo qué circunstancias se han llevado a la morena presiento que no ha sido de la mejor manera y todo con violencia eso es lo único que aquí se conoce para lograr algo.

Esto parece el cuento de nunca acabar.

Las otras irregularidades que no me gustan entraron nuevos guarda espaldas o no sé qué nombre ponerles a los sujetos que están cuidando cada rincón.

 Ahora es todo complicado sin la morena la he llegado a querer, el hecho de pensar que le hagan daño, bueno ya le han hecho suficiente separándola de su hijo y el daño que es probable de seguir daño físico.

Dios mío no permitas que sufra todavía peor de lo que ya ha sufrido. Como hacer para comunicarme con la morena pues únicamente con tavo de por medio.

Son detalles los que han cambiado en mi ausencia como lograron cambiar de forma tan rápida, bueno no es difícil adivinarlo ellos son los dueños del soborno.

Estoy segura que a todas estas personas no les hace falta ni lámpara mágica ni nada por el estilo para que se les cumplan todos sus deseos al primer chasquido de dedos, es verdad el dinero compra todo hasta la dignidad.

Cuando llegue a este lugar al pasar un par de días o noches no estoy segura, pensé que eran mis últimos momentos en el planeta.

 No he visto los rayos del sol desde hace tiempo, escuche a uno de los hombre que pedían servicio comúnmente, hablar con la morena, le proponía que se fuera con él, ella se negó pero eso no fue lo que llamo mi atención, lo que me atrajo fueron sus palabras minutos antes de marcharse para jamás volver.

-no existe ser humano que no tenga precio.

Ahora entiendo que tenía mucha razón, de forma involuntaria o por placer pero todos tenemos un precio, algunos demasiado caros.

Es frustrante no tener idea de lo que sucede a mí alrededor, cuando parecía que por fin estábamos cerca de salir, me siento perdida de nuevo.

TERRORISMO

Cuando sucede un ataque de terrorismo en alguna parte del mundo las personas, creen solidarizarse compartiendo mensajes de condolencias, dando el pésame a las personas afectadas pero nadie hace algo en acción.

Hasta antes de caer aquí pensaba igual que esos humanos solidarios llenos de valores, ahora me doy cuenta que nada puede compararse al sufrimiento de cada persona según sea la circunstancia esto es terrorismo, son ataques a personas que tenían una vida y una familia.

 Aun no logro descifrar que sucede en la cabeza de todas estas personas las cuales solo lastiman, y no les importa el daño tan grande que nos hacen. Ojala lo descifre pronto.

Han pasado dos días sin que pueda saber algo de la morena, y para variar el buen tavo no ha vuelto por aquí. Mi labor entre cuentas no ha estado tan pesado como días anteriores, la clientela disminuyo considerablemente.

La chica que recluto la morena no es capaz de acercarse a mí, es como si trajera alarma.

Uno de los guaruras se acercó a la barra con cara de mal humorado levanto su mano al aire y lanzo un disparo, lo siguiente fue todo tornarse en silencio por un momento pensé que había perdido el sentido del oído al no escuchar absolutamente ningún ruido. Luego de unos minutos las chicas comenzaron a formarse frente a el. No sé qué está pasando.

-tu eres idiota o qué esperas para formarte?...

Con voz ruda se refirió a mí, sus ojos cafés parecían encender de rabia, no respondí nada solo seguí a la fila de las chicas con pasos apresurados.

-como saben están todas a prueba de existencia y para las que no lo sepan como la idiota que hace las cuentas… al primer error que cometan se les dará un correctivo severo, será su única oportunidad para estar respirando…

No me quitaba la vista de encima, fue muy obvio que la idiota de las cuentas era yo, creía que la estancia en este lugar no podía ser más miserable me equivoque…

Mientras las chicas temblaban al escuchar las ordenes de este pinche gorila una de las chicas más jóvenes se inclinó hacia adelante no pudo contenerse comenzó a vomitar.

 La escena más que lamentable es triste de sobra sabemos lo que va suceder por los siguientes instantes.

Ella se limpiaba la boca con sus manos y con lágrimas en los ojos solo pedía perdón una y otra vez.

Antes de un parpadeo ya la llevaba otro de los sujetos nuevos por el cabello en rastras a la bodega, lo que continuo solo fueron disparos de nueva cuenta fue el final de otra chica así solo de forma humillante y sin oportunidad de un funeral.

-háblenle al pendejo de aseo para que limpie el cochinero…

Todas las chicas se fueron integrando a sus actividades de la forma más rápida posible. La única forma de sobrevivir en este sitio es obedecer.

Fingiendo indiferencia fui directo tras la barra y tome una servilleta para escribirle un mensaje a tavo lo más probable era que viniera a limpiar.

Mientras todos en el lugar hacían actividades diferentes yo solo observaba con atención a tavo, pero algo estaba diferente en él no me dirigía la mirada como de costumbre.

Cuando creí se acercaría a mí solo limpio y se volvió por la puerta trasera del lugar sin siquiera mirarme, mientras caminaba me di cuenta que tenía golpes en la cara y moretes en las manos.

Cuando me dio la servilleta para avisarme de la morena no me di cuenta de eso, creo que solo me enfoque en su mirada

-Él fue el correctivo…

Lo dije sin pensar

-no chica él solo defendió a tu protectora, esa morena le enterró un picahielos al italiano, le saco un ojo y no la mataron de milagro….

Me respondió una de las chicas que se acercó a tomar un par de vasos, lo dijo en voz baja apenas y pude oírle yo. Luego se retiró a su sitio.

No logro entender por qué haría algo así la morena, ella sabía que no podía exponerse de esa manera.

- debió ser una razón muy poderosa para que ella reaccionara así.

-si sigues pensando en voz alta puedes tener los minutos contados….

La voz ruda de juan Luis me interrumpió, solo jugando con una canica entre sus manos me sonrió con ironía, se dio la vuelta y se fue sin decir más nada.

No tengo idea de donde salió. Lo que si es que agradezco no me pusiera en evidencia.

El único momento de sentir algo puro vuelve a suceder, estar en la fría ducha es como tener el vehículo para viajar a mi lugar más especial en todo el planeta. Estar en el sofá con mi hija acostada en mis piernas y mi marido peleando con el control del televisor.

Estoy asustada el escalofrío recorre mi piel, estoy realmente asustada no quiero morir en este lugar. Necesito ver a mi pequeña sonreír.

Solo me queda recurrir a mi único recurso de supervivencia la fe.

JUAN LUIS

Han pasado 5 días desde que se llevaron a la morena, tavo no ha vuelto a aparecer. El pánico me está invadiendo poco a poco. Aumente mis oraciones tal vez sea así la forma en la que tenga derecho de recibir un milagro.

Cuando la rutina se vuelve tolerable las actividades se hacen casi de forma inconsciente. Me di cuenta que tenía todo en orden y terminado solo esperando que llegara alguien a pedir alguna bebida.

Como desfile de terror comienzan a entrar los empresarios pesados. De estar casi vacía el aula se llena de hombres y sus guaruras. Algo está pasando.

Estrella esta nuevamente aquí con sus muñecas tiene sonrisa dulce, de pronto corre hacia mí para mostrarme sus muñecas. Un nudo se hace en mi garganta, me mira con curiosidad no tenía calculado lo que ella haría en ese momento.

Corre hacia atrás de la barra y me abraza, me congelo quedo más quieta que una estatua, no pude evitar una lagrimara saliera de mis ojos no me contuve y la abrace fuerte por un instante sentí que era mi niña a quien abrazaba.

 Cuando quise reaccionar de lo que no debía hacer respecto a ella ya era tarde. La solté lentamente, me miró fijamente a los ojos y con sus pequeñas manos me limpio las lágrimas.

Como si una espada me atravesara, el escalofrió que recorrió todo mi cuerpo fue casi infalible.

 No tuve otra cosa por hacer más que señalarle sus muñecas. Ella entendió a la perfección y se volvió a hacia donde estaba su protector. Entre brincoteos corrió a sus brazos el la cargo y la llevo a su mesa de cada semana.

Los ojos de media audiencia estaban puestos en mí. Probablemente moriré en un par de minutos u horas no estoy segura.

Me quede por minutos ahí solo observando a estrella como sonreía con tal delicadeza, dulzura e inocencia. Si tan solo tuviera la oportunidad de tener una familia un hogar. Puede ser que su sordera le ayude a no sufrir en un lugar tan podrido como este.

-terminaste?..

La voz ruda de juan Luis irrumpe mis pensamientos.

-respecto a qué?...

Respondí fingiendo indiferencia, probablemente solo es Cortez antes de aniquilarme.

-de soñar. No eres nada discreta.

-vas a matarme?

No pude ocultar mi miedo e ironía.

-no, aun no. De hecho necesito que me acompañes a un sitio camina.

Ordeno con autoridad. Me indico la dirección hacia la bodega y comenzó a caminar. Por inercia tal vez pero obedecí. Ya sabía cómo acabaría esto en parte sentí alivio de morir así mi agonía diaria terminaría ya. Mi nudo en la garganta y ahora en el estómago se hacía presente.

Al entrar a la bodega me miró fijamente a los ojos y sonrió descaradamente. Sentí terror.

-puedo pedir solo una llamada antes que me mates?

El silencio duro pocos segundos, con ojos de curiosidad extendió su mano dándome su celular.

-hazlo.

No podía creer lo que pasaba pero lo tome sin pensar esa era mi oportunidad. Mi despedida. No iba rechazar la oferta. Con nervios y alegría marque a casa ojala respondan rápido.

Cuando sonaba el teléfono yo sentía que algo dentro de mí se aceleraba cada vez más. Por fin contestan esperaba tanto escuchar la voz de mi niña, a mi marido.

-hola quien habla? …

Era una mujer no era mi hija no era mi marido.

De pronto escuche su voz me rompió por dentro.

-quien es cariño? Quien llama?...

-mama…!

Su voz mi niña gritando mama… no era dirigido hacia mi… se refería a la mujer que respondió el teléfono. Que jodidez, mi hija llamando mama a alguien que no soy yo, mi marido diciéndole cariño. Ese fue mi tiro de gracia.

- no lo sé cariño se han quedado en silencio debió ser equivocado…

Colgaron. Me quede sin voz sin habla. Sin fuerza. Sin nada…

Como acto seguido me arrodille, de forma catastrófica me exterminaron, resistí humillaciones y golpes con el único propósito de volver a casa.

 Mientras me convertí tal vez en un recuerdo. Las lágrimas salían sin compasión alguna.

-creí que duraría más tu última petición…

Entre sarcasmo y curiosidad juan Luis refiriéndose a mí…

En silencio solo extendí mi mano para darle su celular, sin mirarlo cerré los ojos solo esperando que acabara conmigo.

-Piensas rezar, o simplemente te gusta estar en el piso, no tenemos mucho tiempo puedes rezar más tarde…

Rezar más tarde, sin duda disfruta de humor negro, pero con este dolor agudizado dentro de mí. Nada me importa ya.

 No existo, si tenía esperanza de salir teniendo la muerte frente a mi nuevamente no tengo objeción alguna. Total ya me mataron el alma. Solo resta el cuerpo.

Solo queda mi envoltura.

-cuando es que piensan escapar?

Me congelo su pregunta ya lo sabe todo, aunque no sé si eso realmente en este momento importe, pero no voy a rajar, la morena aún tiene derecho de ser feliz.

-te has vuelto muda y sorda o que chingaos?

Camino alrededor de mí. Me arme de valor y me levante lo vi fijamente a los ojos total ya estoy muerta.

-solo yo iba intentar escapar. Ahora que lo sabes puedes matarme.

-tus ansias por morir me dan vergüenza, te tenía en otro concepto.

-me tenías en algún concepto? Alguno que valiera la pena?...

El sarcasmo y la rabia salían con palabras filosas. Supongo que esa llamada me dejo con el veneno a flor de piel.

-creía que eras valiente ahorita más bien creo que eres necia y medio pendeja.

Me limpie las estúpidas lágrimas. Estúpidas lagrimas…!!!!

-coincidimos en eso pero es lo que hay, porque no te dejas de rodeos y tiras de una vez, si pretendes que lo haga yo misma se te hará tarde.

Se sentó en una silla frunciendo el ceño, como si le molestaran mis palabras, sacó su arma me la mostro y haciendo ademan de molestia la coloco en el piso.

-dime algo cuál es tu prisa por morir?

-rompí las estúpidas reglas de mierda, hice planes para escapar y abrace a estrella eso responde tu pregunta.

-estas colmando mi paciencia. No voy a matarte de hecho yo voy ayudarte a escapar.

Sus palabras rebotándome en la cabeza hacen que comience a hiperventilar.

-se supone que debo creerte?

Mi hostilidad era inevitable tanta información sin procesar. Mi corazón jodidamente roto, y el hablando como si fuera mi amigo que chingaos está pasando.

-pon atención no lo pienso repetir. Entendido?

Yo solo asentí con la cabeza aunque realmente no tenía idea de lo que estaba por suceder.

-la morena me dijo de sus planes mucho antes que se coordinara contigo. Incluso cuando se ofreció a ayudarte en la barra ya teníamos estos planes, la forma no la teníamos precisa hasta que ella se unió contigo digamos que le diste vida a este plan.

-espera un momento tu sabias desde el inicio porque la morena no lo menciono?

-puede ser porque se te da pensar en voz alta, no interrumpas…

Dadas las circunstancias respecto a la morena el plan se atrasara un poco, el jefe atraso su celebración así que solo te estoy avisando para que no intentes ninguna estupidez. Ahora regresa a tu labor sin acercarte a estrella de nuevo.

Con sus manos y mirándome fijamente hizo ademan para que me fuera. Solo obedecí.

El rato pasó rápido pues yo realmente en estado de ausencia, no sentía ni cansancio, hambre o sueño solo un pinche dolor en el pecho que no cesaba ni un momento.

Juan Luis inicio en este cartel por venganza, cuando fue militar al igual que todos aquí tenía una vida. Su prometida en Turquía la cual estaba en espera de un bebe. Siempre quiso ayudar a las personas a su alrededor, su nobleza se vio apañada por la amargura y dolor.

Cuando decidió retirarse para dedicarse a su familia la cual recién comenzaba a formar. Le resulto ser la más catastrófica decisión.

Fue a la última de sus misiones sin contar que sería capturado y torturado por un mes. Siendo el único sobreviviente de su comando.

 Logro escapar de ese cautiverio se sin embargo al volver a casa se topó con su realidad. La traición de su jefe y la muerte de su prometida aun sabiendo que tenía un bebe en camino no tuvieron piedad con ella.

Para el jefe de juan Luis él representaba peligro. Le estorbaba para hacer sus negocios turbios y decidió acabar con él.

Quizá si lo hubieran matado le habrían hecho un favor al menos así estaría con su familia, pero no fue ese el caso y su odio alimentado día a día lo hace más fuerte.

La corrupción y la ambición son los protagonistas en la desgracia de juan Luis, el conoce perfectamente las caletas de sus enemigos, sabe todos los contactos.

Solo se vendió al enemigo de su enemigo valla redundancia. No puedo siquiera imaginar cuáles son sus planes de tortura para su exjefe.

Supongo que el odio acumulado en un exmilitar ahora mafioso es como darle un arma a un niño, no se sabe en qué momento hará un matadero sin prisa y sin compasión.

Por lo poco que se ahora, desde su llegada aquí hizo empatía con la morena y su historia. Comprendo esa parte es fácil querer a la morena.

Aún existen demasiadas dudas de todo lo que está sucediendo, pero se bien no es lo que más me importa en este momento.

HERIDAS

Tengo una cicatriz en mi muñeca derecha por una quemadura creo fue la primer herida que recibí en este sitio, el ardor constante parecía eterno en ese momento.

Hoy sé que no existe ningún dolor más fuerte que el de la propia alma. Bueno eso pensando que un tengo alma, honestamente no sé si vivo o muero.

Los azotes en mi espalda no significan nada, las quemaduras, los moretes que decoran mi piel desde que llegue aquí son caricias.

El perder mi privacidad para cambiarme, la dignidad que perdí simplemente por obedecer las sandeces sin replicar, pero sobre todo ser olvidada por mi mayor tesoro mi familia de 3 eso es el peor de los dolores hasta hoy. Es una herida viva que arde quema por dentro.

Las torturas físicas dejan de importar cuando se ha matado el alma, el cuerpo ya es solo La envoltura.

Como quien se devora el caramelo lo demás es basura, inservible. No existe una sola persona en este sitio sin alguna marca, cicatriz que sea de bienvenida.

Deje de pertenecerme, soy un objeto desechable. Probablemente si juan Luis hubiera decidido dispararme me habría hecho un favor al menos no estaría sirviéndole a esta multitud de mierda.

Perdida de nueva cuenta en esos pensamientos suicidas, sin notar que se encuentra alguien detrás de mí.

-tienes una hija realmente encantadora…

Susurrando esas palabras, entre burla e ironía. Haciéndome eco. La medusa recién esta en este sitio y sabe que tengo una hija, como es eso posible.

Cuando intente reaccionar para confrontarla por mencionar a mi hija, ya no estaba al lado mío, estaba con su cliente.

 Es obvio que conoce mi vida o al menos sabe que tengo familia, no me agrada la simple idea, eso hace vulnerable cada centímetro de mi existencia.

Mi instinto hacia acto de presencia, esa mentada medusa no es de fiar algo me dice que es igual de traicionera que la asquerosa muñeca. Como averiguarlo. Estoy atada de manos.

Mientras estaban los empresarios de mierda en su reunión algo salió de control comenzaron a gritar.

Dos de ellos, eran italianos hablando entre español e italiano al mismo tiempo, se levantaron de su mesa muy alebrestados.

 Se quedaron viéndose fijamente como si se leyeran la mente, Uno de ellos con la furia a flor de piel se giró hacia estrella, evidente su objetivo.

Antes de dar un parpadeo ese sujeto ya estaba en el piso fue tan rápida la forma en la que reacciono el indio.

 Haciendo movimientos que apenas y pude notar, lo único que pude entender fue como tiro al sujeto con tal fuerza haciendo eco en el piso.

 A los siguientes segundos ya estaban armas por todo el sitio rodeando a esos italianos. Ni sus trajes tan caros les harían justicia a su último aliento.

Es curioso cómo no siento miedos, aun cuando sé que puede ser la masacre imprevista.

Tal vez el hecho que sigo en shock no percibo sensación de miedo a estas armas. Por el contrario me resulta cruel y atractiva la escena.

En cuestión de minutos esos sujetos ya no estaban más con vida. Se dio la orden de retirarlos a su corto destino, para que estrella no se diera cuenta. Su protector la tomo con un solo brazo retirándose del lugar.

Uno de las guaruras comenzó a disparar al aire para que nos retiráramos como cada día.

 A grandes zancadas todas volvimos a la fila de rutina. Haciendo ademan en dirección hacia el pasillo obedecimos casi instantáneamente, sin replicas sin nada.

Cuando se tiene la bendición de despertar cada mañana es la más grande prueba de lo posible que puede ser todo.

 Eso era lo que nos repetía constantemente el profesor de algebra. Bonita forma de motivarnos cada día para resolver sus ecuaciones.

Jodida vida hubiera valorado esa clase, pero en fin que se le va hacer ya estoy en el mismo purgatorio que importa.

Visualizar un final feliz es complicado jamás imagine que visualizar la felicidad doliera. Supongo que ya experimente los dolores habidos y por haber soy un vaso desechable solo usándose mientras no se rompa, luego a la basura sin remordimientos o alguna cinta adhesiva que pueda repararme.

Estar en cuatro paredes sin observar los rayos del sol, sin saber si es día o noche puede desquiciar a cualquiera.

Pero creo fielmente que el suicidio no es la solución a nada. Solo dios puede quitarme la vida sea cual sea la circunstancia que él me ponga.

Aunque claro no todas las personas resultan ser masoquistas como yo.

La chica que está a mi lado en la habitación a quien todos la llaman como 19, me mira directamente a los ojos sin parpadear, sonríe de forma sorpresiva y de pronto me muestra una navaja en sus manos largos, pálidos finos.

-llego mi momento…

Por segundos de silencio derramo una lagrima, sin pensar me lancé sobre ella tomándola de las manos, no podía dejar que se quitara la vida no así, porque rendirse.

-no lo hagas te lo suplico. Saldremos de aquí.

Mis promesas falsas no parecían convencerla ella solo me dio una patada en el estómago lanzándome con fuerza al otro extremo de la habitación, amenazándome con clavarse la navaja en el cuello si me acercaba de nuevo.

-no entiendes nada, ni tu dios al que le rezas todos los días te hace caso porque habría de hacerte caso yo? No seas estúpida moriremos aquí.

-suelta esa navaja, hablemos te aseguro que cambiaras de opinión por favor.

Suplicarle era lo único que tenía, para hacerla desistir de quitarse la vida. Mi estómago adolorido y mi cabeza confusión solo podía suplicar.

-mataron a mi madre desde el puto día que llegue aquí, yo creí que la volvería a ver. Y ahora estoy sola para que vivir en este sitio de mierda dime…

Sollozando hablo con la voz quebrada, el odio mezclado con el dolor en sus ojos me dio escalofríos.

-no les des tu vida, podemos salir de aquí y comenzar de nuevo te lo prometo, por favor dame esa navaja, o mejor aún guardémosla te parece bien?

Lentamente me acerque a ella tomándola de nuevo de las manos, de forma sorpresiva cedió dándome la navaja, mi instinto de madre me tomo por sorpresa la abrace fuertemente, dejándola llorar en mi hombro y cuello.

Metí la navaja en un calcetín bajo el colchón viejo donde dormía, viéndola a los ojos le pedí sentarnos.

Cuando por fin consiguió calmarse me explico su situación, nada diferente a la de todas aquí, pero realmente su dolor era contagioso.

Me pudre ver como se adueñan de nosotras y miles de personas más inocentes. Esta chica tiene 19 años esta pequeña todavía.

-te prometo que saldremos de aquí juntas solo debemos ser discretas está bien. Y prométeme que no volverás a intentar.

Solo asintió con la cabeza acurrucándose poco a poco se puso en posición fetal en mis piernas se quedó dormida.

 Verla suspirar mientras estaba dormida me rompí en llanto de forma silenciosa. Dios mío siento que no puedo respirar entre tanta porquería humana.

Ella tan joven, demasiado delgada para su estatura, su piel pálida por falta de sol. Las ojeras muy marcadas. Su cabello cortó castaño.

 Al igual que yo tiene heridas en las manos algunas ya son solo cicatrices, pero ella tiene en los hombros mordidas incluso en la espalda, eso llamo mi atención, esas cicatrices solo se las vi a una persona en este lugar, la morena.

Recordando lo que la morena me explicaba recientemente cuando tuve contacto con ella, el principal ayudante de la muñeca abuso de la morena y el acostumbraba a morder a sus víctimas como símbolo de marcar territorio, hijo de perra.

Conforme avanzo averiguando el odio se hace presente en mi mente, tengo miedo que el odio continúe hasta llegar a mi corazón.

 Repudio todo aquel que abusa de las personas más indefensas, que clase de lección es esta. Pido infinitamente a dios que me guie para saber que hacer como seguir.

Hoy sé que estas marcas en mi piel y en la de estas chicas son el mapa que nos distingue del resto de las personas en este mundo. Ojala fueran logros, metas sueños y no pinches marcas de mierda.

La deje que durmiera en mis piernas, solo la observe, por una parte sentía alivio de verla viva respirando, y por otra parte me siento fatal que pasara si no consigo sacarla de este sitio.

Al poco rato recordé a la medusa, esa tipa sabe de mi hija. Necesito entender que pretende esa tipa.

 No puedo dejar que le haga daño a mi niña eso sí que no. Si ya me toca irme al infierno con gozo lo hago si consigo evitar le hagan algo a mi niña.

MISERICORDIA

No sé cuántas religiones existan, pero supongo que en su mayoría la misericordia es fundamental para ser parte de cualquiera de ellas.

Es evidente que son escasas las personas quienes pueden ser afortunadas llevando la misericordia en sus vidas, si fuese un mundo paralelo quizá el infierno y el cielo serian eclipsados.

Misericordia es lo que el mundo entero no conoce, yo siento que ahora estoy siendo parte de la multitud.

Cuando cada chica llega a este sitio permanece bajo los efectos de algunas drogas por algún tiempo mientras las convencen que no existe otra salida. Es una forma de mantenerlas tranquilas.

Por lo cual las primeras semanas las pasan en blanco no recuerdan absolutamente nada de lo que aquí viven.

A mi particularmente solo fueron horas, el motivo por el que me reclutaron les sirvo consiente. Gracias a dios de mí solo les interesa que mantenga en orden sus cuentas.

La chica 19 despertó luego de un rato, su semblante estaba distinto con una pizca de esperanza, por obvias razones me sentía culpable de eso.

No mencionamos ni una sola palabra parecía entenderme a la perfección, nos preparamos para estar de nuevo en la estúpida labor. Me sonrió con símbolo de esperanza. Y salió antes que yo.

Mi instinto protector de madre me recordó que debía cambiar de sitio la navaja, no vaya a ser que lo quiera intentar otra vez.

 Era pequeña lo cual lo hacía fácil de ocultar la envolví en papel acomodándomelo en la braga entre las piernas nadie sabría lo que escondería en ese sitio.

Como por arte de magia la morena ha regresado, a un par de mesas pude distinguirla. Estaba distraída no se dio cuenta que yo ya estaba en la barra.

La observe fijamente, tenía las manos llenas de moretones y marcas de cigarrillo, no lograba ver con claridad su cara.

 Lo más probable igual con marcas, debieron torturarla de formas inhumanas. Así como todo lo que hacen estos malditos.

Realmente los milagros comienzan hacer acto de presencia está viva y honestamente no sé cómo lo conseguí. Pero eso me da esperanza.

Pienso firmemente que la misericordia debería llevar como sobre nombre manipulación. Pues realmente quien la compone o de qué forma se lleva a cabo literalmente como se supone debe ser.

Por desgracia estamos como sociedad tan contaminados que seguramente eso sería difícil de entender.

Saber que la morena ha regresado me reconforta, o me consuela de alguna manera. La chica numero 19 sonríe involuntariamente al verme.

Me invade la culpa solo de ver su semblante lleno de esperanza rota. Si yo no tengo un futuro o una familia quizá ella si lo pueda tener, es tan joven.

Con pasos alargados la morena se dirige hacia mí con el cabello sobre el rostro. Al tomar un par de vasos me observa con cuidado, tiene un parche negro en el ojo izquierdo. Una marca similar a la que tiene tavo en el brazo la marca que les ponen a las reses.

-necesito hielo en este par, ahora…

Me ordena con voz quebrada pero fuerte, tarde un par de segundos en reaccionar al pasarle el hielo me dejo una nota bajo el vaso, con la mayor naturalidad que me fue posible lo tome.

Mi estómago se hacía nudo, de mi boca no salía absolutamente una sola palabra, era evidente no podía ponerla aún más en riesgo... no puedo siquiera imaginar que le arruinaron su ojo. Ese fue el correctivo del que hablaba el estúpido guardia la noche que volví.

Con pasos sigilosos se retiró hacia su mesa, al poco tiempo la perdí de vista.

No concibo el sufriendo que padeció la morena durante su ausencia, me siento bastante estúpida solo de imaginarlo ya de por si es una barbaridad estar en este lugar padeciendo todo tipo de aberraciones, como para creer que la morena podría estar a salvo del dolor.

Al estar en la ducha abrí el trocito de papel que me dio la morena.

La medusa te va joder.

-mierda...

Antes de darme cuenta ya estaba vomitando en la ducha, no sé si mi cuerpo apenas está notando todo lo que le ha sucedido a mi alma, o si simplemente es algún síntoma.

Esa medusa, lo supe desde que la vi ella puede dañarme por medio de mi hija. No eso sí que no. Si de alguna forma ya estoy en llamas hare que el carbón renazca entre las brasas de mi odio.

TAVO

Durante un par de días tavo no se apareció, aun cuando había que estar presente para la limpieza de los inodoros, me preocupaba que se deshicieran de él o que simplemente lo sustituyeran como es su costumbre.

Al parecer la morena estaba viva gracias a tavo, el hecho que el intercediera por ella le costó trabajos extras y golpes.

Su amor por la morena realmente lo hacía tolerar todo lo que antes a mi llegada habían vivido ambos. Esa es una gran prueba de lo importante que la morena es para él.

Me enternece su postura.

Tavo no tiene más familia que la morena. El creció técnicamente solo, se dedicaba a lavar coches, o parabrisas en semáforos.

Cuando la morena apareció en su vida se enamoró inmediatamente de ella, siendo su más fiel sombra. Aun cuando su ingenua discreción por sus sentimientos hacia ella no los hace formales. Todos nos damos cuenta de eso.

La marca que tavo tiene en el brazo es una cruz, no es un tatuaje es literalmente herrar exactamente como a una res.

Lo marcaron cuando entro voluntariamente en este oscuro mundo. Su forma tan extraña de querer entrar a limpiar baños hizo entraran en duda los empresarios de mierda. Por lo que lo pusieron a varias pruebas para comprobar su lealtad, y que no se tratara de algún chivo expiatorio por alguno de sus tantos enemigos.

Cuando se dieron cuenta que era fiel a sus tareas tolerando sus estúpidas peticiones, accedieron a tenerlo trabajando para ellos sin repicar.

Ganándose poco a poco la confianza de sus patrones, siendo el amigo incondicional de la morena.

Sin darse cuenta comparten todo tipo de castigos. Y a su vez ambos se aman con locura.

Tavo es sumamente inteligente, sabe mucho respecto las armas. Lo que le gusta es manejar fármacos y sedantes, su sueño frustrado siempre fue ser algún día doctor.

Conoce diversos remedios para dolores. Es realmente una pena que terminara en este sitio, de lo contrario estoy segura que habría sido un excelente doctor.

CADAVER 19

Cuando se tiene de vecina a la muerte, con suma facilidad se normaliza haciéndose familiar, difícilmente provoca miedo. Por el contrario la costumbre hace amena la jodida situación.

La nota que la morena me dejo, es clara de hecho lo es más que clara. La medusa si tiene intenciones de perjudicar a mi familia. Eso da vueltas en mi cabeza. Intentado evitarlo, y de qué manera si sigo en este lugar.

No sé qué más desean sacar de mí sí me han dejado totalmente vacía.

Sorpresivamente las guaruras están de un humor positivo, por decirlo así de alguna manera. Es la primera vez que se ven de forma relajada, sin gritarnos.

Incluso nos permiten conversar entre nosotras, algo esta sucediéndoles. De igual forma es una excelente oportunidad.

Uno de los sujetos que se dedica a cuidarnos de no escapar o intentarlo. Está en una charla con la medusa. Parecen estar haciendo algún acuerdo pues sonríe de forma estúpida. Lo más probable es que le esté pidiendo algún favor personal.

El simple hecho de verla me duele el estómago de rabia.

Los pocos clientes se salen, dejando solo a las chicas y los estúpidos guaruras en la sala.

Me dispongo a dejar terminadas las cuentas antes que me lo pidan, no tengo ganas de recibir otro golpe.

Concentrarme entre números no me es difícil. Mientras estoy en esa labor se acerca la chica 19.

-te invitare unos helados de piña...

Me dijo con voz alegre, sin verla a los ojos le respondí.

-prefiero los de limón, puedes conseguirme uno?

-claro cuando salgamos de aquí, te mostrare mi lugar favorito.

Su optimismo me incomoda. Pero por obvias razones no voy a romperle lo único bueno que le queda, la esperanza.

-dime una cosa cuál es tu nombre? Debes tener alguno.

-me llamo...

Se quedó en silencio al ver acercarse a la medusa. Solo observándonos con una risa burlona.

-aquí ustedes son nadie...! No tienen nombre que les quede claro eso...

La chica 19 se encogió de hombros colocándose tras de mi de forma involuntaria, muy claramente se asustó con la estúpida medusa, como si no fueran suficientes mis desgracias mi vomito verbal salió.

-te equivocas, que no sepas leer no significa que el libro este vacío...

- qué insinúas? Que soy ignorante?..

-yo no insinuó nada. Yo lo digo...

Su rabia hacia parecer que sus ojos ardian, era evidente que me odiaba y muy probablemente mi estancia aquí había llegado a su fin.

Sabía que iba por mi directamente, pero no iba a dejárselo tan fácil. Quizá si su problema era conmigo así dejaría tranquila a mi hija.

-te llego la hora, por quererte hacer la lista, pendeja...!

Me mostro un picahielos se lanzó sobre mí, no sentí ningún pinchazo solo un enorme peso, que me derribaba, fue la chica 19 ella se lanzó sobre mí, ella recibió la herida en su vientre... tirándome al piso.

-noooooo nooo noooo...!!!!

Un grito fuerte retumbo en la sala, no me di cuenta que era mío. No podía reaccionar a lo que estaba pasando ni dar crédito. Maldita sea por que tuvieron que suceder así maldita medusa, la muy perra se fue en un parpadeo.

Numero 19 tenía sangre en todo el vientre, sus ojos grandes me observaban con atención.

Mi llanto le llego a su carita pálida, no podía dejar de verle sus ojos llenos de vacío. Todo por culpa mía, por confrontar a la perra medusa.

-deberías probar un helado de piña...

Susurrándome con poco aliento al hablar. La tenía en mis piernas en mis manos, intentando presionar para que no se desangrara.

-ssshhhh… no hables, estarás bien.

Le mentí.

-ayudaaaaa...!! Ayúdenme por favor....

No sé si yo tenía voz o si solo en mi mente gritaba por ayuda, nadie respondía a mis suplicas, 19 me sonrió con dulzura, cerrando los ojos. Fue su último gesto.

No tuvo oportunidad ni siquiera de decirme su nombre.

Maldita sea, maldita vida de mierda....

Durante un rato quede aturdida, mis estúpidos intentos por reanimarla fueron inútiles ella no respondía. Me desborone la abrace fuerte, ella me salvo la vida. Ella se puso de escudo, debía ser yo no ella.

Las guaruras me la quitaron a jalones, llevándosela a rastras como si se tratara de un costal de basura. Lo que recuerdo de ese instante.

Me levantaron del piso jalándome de un brazo. Me llevaron directamente al lugar donde según están las chicas cuando las castigan, luego de un par de bofetadas se fueron, quede totalmente sola en un rincón oscuro donde apenas cabía yo sentada.

La sangre de 19 en mis manos. Desconozco el tiempo que permanecí en ese rincón. Pero el dolor en mi pecho cada vez más intenso y sobretodo el odio.me estaba gobernando el odio.

Qué clase de lección es esta, ella no merecía morir de esta forma tan espantosa, menos por salvarme a mí. Qué sentido tiene. Ese castigo me sirvió solo para una cosa, para desahogarme y llorar lo que no había llorado. Probablemente no hubiese sido así, yo no debí provocar a la estúpida medusa. Maldita...

Encabeza mi lista de enemigos. Ojala se pudra.

LA MEDUSA

Permanecí un par de días en el sitio de castigo no sé cuántos, fue rápido. Poco a poco mi dolor se hacía odio, esto es lo que sucede cuando se le daña tanto a una persona.

Me dejaron salir de ese cuartucho para que me duchara y siguiera laborando, son toda una porquería. Mis manos aun manchadas con la sangre de 19, mi labio roto por el par de bofetadas, lo curioso que no siento dolor aun cuando esta partido literalmente.

Aun me sorprendo de mi misma, como sigo de pie, mis ganas de prender un pinche bomba y acabar con todos de una vez por todas, total muertos ya estamos si tenemos que ir al infierno ya conocemos el mismísimo purgatorio.

Sentir el agua helada caerme en la espalda, es como un especie de sedante, no siento otra cosa físicamente nada me duele, estoy como en estado de shoock es común luego de un trauma.

Al volver hacer mi labor todo es un desastre, son buenos para matar a personas peor que si fuéramos cucarachas pero no sirven para hacer cuentas.

-parcera, pensé que no te volvería a ver...

La morena con voz suave y clara, me veía con ojos de curiosidad.

-lastimosamente sigo viva...

Volví a enfocarme en el papeleo sin mirarla. Esta rabia que siento por dentro hace que mi sarcasmo salga más filoso que de costumbre.

-no te arrugues parcera, te sacare de esta, te lo juro...

-donde está la medusa?..

Le pregunte con brusquedad, sin verla a los ojos.

La morena me dio una fotografía, muy cuidadosamente pasándola por debajo de mis papeles. Quede helada, mi corazón latía fuerte como si hubiese corrido un kilómetro sin parar.

Era mi familia de tres, con la diferencia que el tres no era yo. Ese lugar lo estaba ocupando la perra de la medusa. Ella respondió mi llamada era ella....

-te prometo, parcera saldremos y ella se va joder, esa hija de gran putas.

Solo escuche su promesa vacía, no le respondí nada. Mi voz no respondía era como si ya las palabras no salieran de mi boca. Seguí con los números haciendo de cuenta que solo están las hojas de papel conmigo. Tome la foto en mi puño con fuerza.

-ya terminaron su charla?.... a trabajar par de perras...!!

Un sujeto nos gritó, llevándose a la morena a una mesa. Cuando creo que la maldad llego a su límite me equivoco y de nueva cuenta me sorprendo.

Soy un pinche títere de todos estos malditos. Si esa medusa toca a mi niña si le hace algo, espero que venga y me del tiro de gracia. De lo contrario si me deja viva olvidare todos mis estúpidos valores.

Juan Luis consiguió que la morena volviera estar conmigo en el cuarto. Desconozco los métodos pero eso realmente da igual en este momento.

La morena me dijo lo poco que sabía de la medusa. Esa perra me entregó a la muñeca. Ella es la razón por la que yo termine aquí.

Le dio la fotografía a la morena para que me la hiciera llegar, supongo que pretende torturarme aún más.

La medusa se adueñó de mi familia, de mi vida. Pretendiendo ocupar mi lugar en casa. Su doble vida le permite seguir haciendo fortuna a costa de chicas inocentes. Maldita...

Al parecer en la vida que me robo fingió ser doctora. Debe ser buena actuando, pues lo vulgar no se le quita. La odio tanto jamás pensé que se podría odiar de esta forma a alguien.

Hablamos la morena y yo las 4 horas que se supone dormiríamos. Ella me conto lo que sufrió en su ausencia. Le quitaron el ojo del lado izquierdo, por eso usa un parche espantoso.

El italiano al que ella dejo tuerto primero. La provoco de la peor manera.

Ella me abrazo con ternura. Me desborone una vez más. A estas personas no les es suficiente con torturarnos físicamente al parecer ya les encanto lastimarnos por todas las formas habidas y por haber.

Ese pinche italiano le confeso a la morena que el mato a su hijo. Esa pérdida irreparable no tiene forma de consuelo. Ahora entiendo su razón poderosa por querer matarlo, por desgracia no lo consiguió.

Las ganas de venganza crecen como las ganas de morir cada día que abrimos los ojos. Cada vez que seguimos respirando en este sitio.

Lo último que supe de la medusa. Fue la fotografía que me dejo como despedida. Maldita perra, sé que nos volveremos a ver.

ESTRELLA

Tengo tantas preguntas en mi cabeza sin resolver, quizá jamás se llegue el instante de resolverlas. Sin embargo no es lo mas importante ni siquiera sé si exista algo importante a estas alturas.

Un par de tiros al aire detonaron dentro de la sala. Todas las chicas se formaron yo al igual que ellas seguí hacia la fila.

-como sabrán, se aproxima la celebración del patrón, así que no quiero escuchar una sola queja o me las quiebro... entendieron??

Un sujeto mal encarado nos gritaba con furia como si fuéramos sordas. Todas asentimos sin replicar. Con otro par de tiros nos ordenó continuar con lo que estábamos haciendo.

Se había llegado el momento de coordinarme con la morena para escapar, solo un par de días y esto se terminaría para mí, o para todos.

Estar en contacto con juan Luis y tavo a través de la morena fue sencillo gracias a que compartimos las miserables 4 horas para dormir. Todo calculado, solo seriamos la morena, tavo, juan Luis, y yo. Dejamos fuera a la chica reclutada. Pues tuvo miedo de seguir y no volvió acercarse a nosotros ni por error.

Solo cuestión de días para terminar, morir o escapar no tenemos más opciones.

Hoy es cuando la pequeña estrella esta aquí. Me dejaron bien claro que no la vea ni me acerque a ella, que pesar.

Al ver llegar al indio con estrella en los brazos y sus muñecas en su pequeña mochilita. Me enterneció. Esa niña merece una vida feliz y sana. Quizá en otra circunstancia el indio habría sido su mejor fortuna.

Mis labores concluidas me daban tiempo. Para evitar la tentación de acercarme a estrella me retire al sanitario, la plantita necesitaba algo de agua. Pero increíblemente seguía viva.

Estar dentro del sanitario allí solo haciendo nada me percate de la voz de la muñeca entre susurros. Pero no estaba sola, estaba con alguien un sujeto estaba con ella.

Para escuchar con claridad y que no se dieran cuenta de mi presencia subí los pies al excusado con mucho cuidado y el mayor silencio posible.

-la quiero ya…

Era la voz del sujeto que estaba con la muñeca.

- calma mi amor, si te quedas aquí en silencio te traigo a la mocosa, solo no hagas escándalo.

-pues hazlo ya, el pinche indio parece su sombra...

-lo sé si el pendejo supiera que la mocosa es tu hija. No hagas ruido ahora regreso.

Se quedó en silencio el sanitario, era evidente que se referían a estrella. Me quede quieta en silencio esperando a saber que sucedería. Luego de un rato entro la muñeca con la niña.

-lo prometido, ahora págame que no es gratis.

La voz de la muñeca me quebró en instantes, estaba vendiendo a su propia hija.

-ah por cierto solo conseguí 15 minutos si eso te sirve, y no me la dañes que el indio se puede dar cuenta. No querrás que te mate. Así que apúrate yo hare guardia en la puerta.

Dejo a estrella con este sujeto saliendo sin pendiente. El tipo me daba la espalda no se percató de mi presencia. El maldito cerdo puso a estrella en una silla sucia. Más claro no podría estar maldito perro, sus intenciones eran lastimarla de la peor manera. No podía dejarlo. Me baje con cuidado del excusado, aferrándome a la navaja de la chica 19. Salí con cautela.

Estrella tenía sus ojitos llenos de lágrimas. Me miro con alivio, le hice ademan de silencio, ella entendió a la perfección.

El maldito cerdo estaba tan concentrado en hacerle daño a estrella que no se dio cuenta de mi cercanía. Me lancé sobre su espalda. Le enterré la navaja con todas mis fuerzas justo a la nuca.

La escena fue tan cruda, me manche las manos de sangre. No me importo. Dejando al sujeto en el piso me aferre a estrella y ella a mí. La cargue, me rodeo con sus pequeñas manos por el cuello sumiendo su cabecita en mí.

Sabía que según las reglas eran no acercarme a ella pero no iba a permitir esa aberración. El sujeto en el piso temblaba, estar agonizando desangrándose era una escena muy dura para una niña.

Le pedí a estrella cerrara los ojos. Por increíble que parezca me entendía muy bien ella obedeció enseguida. Escuche la voz de la muñeca, maldita ojala se pudra en el mismo infierno.

-ya termina gordo, ya que el indio se está acercando...

Me quede en silencio sin decir una sola palabra. Di unos pasos con la pequeña niña en mis brazos. Me puse tras la puerta. Solo esperando a que vinieran por mí.

-escóndete, voy a entrar por estrella. Gordo...!!

La muñeca se empezaba a desesperar, sentía los pasos del indio. Seguí sin responder nada. Era lo único que podía hacer entregarle la niña el indio a nadie más. Si voy a morir que valga la pena. Salvar a estrella.

- ya indio, ya está en el baño pero ya te la traigo.

Abrió la puerta, no esperaba ver a su cerdo en el piso. Desangrado. Se quedó como estatua solo viendo al puerco asqueroso. Yo aún tenía la navaja en una de mis manos. No iba a soltarla, no sabía que más podría hacer esta pendeja contra estrella. Su amor maternal le quedo grande.

Cuando se percató que yo tenía a estrella ya era tarde.

-que miserable eres, vendiste a tu propia hija.

Me observaba incrédula, sus ojos no daban crédito a lo que veía. Yo apuntándola con la navaja a un metro de distancia. Y con estrella cargada.

-y que esperabas, una pinche escuincla defectuosa. Ahora que harás? se te olvida quien soy yo?

-que pasara cuando el indio sepa que vendiste a su hija?

La provoque para que hablara. Era momento que solara su veneno y servirme de eso.

-ajajay por favor, esté cerdo es el papa de estrella. El indio es un idiota que se tragó mi cuento. Tienes idea de mi poder? Tú no puedes conmigo tienes los segundos contados pendeja...

Solo la escuchaba y observaba. Estaba tan segura de ella misma que no se dio cuenta cuando el indio entro al baño. Escuchando todas y cada una de las palabras de la muñeca.

-porque no me muestras tu poder, y se lo dices tú misma al indio?

Me miro incrédula cuando le hice ademan con la navaja para que se diera la vuelta. Por curiosidad quizá pero me obedeció volteándose, encontrándose con la furia y dolor del indio.

En segundos el indio agarro a la muñeca por el cuello arrodillándola frente a él. En silencio sin decir una sola palabra le apunto con su arma AA MAGNUM en la cabeza.

-no indio no es lo que parece, mi amor esta pendeja te está enredando...

Le hablaba la muñeca con chillidos esperando que el indio le creyera, pero eso no pasaría se hundió sola por perra.

El indio me miró fijamente a los ojos, luego a estrella que aún tenía los ojos cerrados y me abrazaba con fuerza. A los segundos me señalo la puerta para que saliera. Yo asentí sin decir nada. Caminando al lado de la muñeca.

INCENDIO

Cuando me fui cautelosamente hacia fuera del baño la morena se percató de la escena. Pareciera que de forma telepática pero nos entendíamos a la perfección. Me cerró un ojo, y hecho andar el plan. Justo en el instante. Mucho antes de lo planeado.

Se retiró discretamente acercándose a tavo. Ambos tomaron sus puestos, en menos de un parpadeo juan Luis ya era parte del show. Se aproximó hacia mí con pasos alargados.

-estas lista? Llego la hora.

Hablándome en voz baja. Pues uno de las guaruras sospecho y camino hacia nosotros, cuando vio que yo tenía a estrella se dio cuenta de que algo estaba mal. Se dio la vuelta para delatarme pero juan Luis tuvo la agilidad de tomarlo por la espalda. Dejándolo dentro del armario de trapeadores.

No tengo idea como fue que lo silencio tan rápido, tampoco deseo averiguarlo. Solo estaba concentrada en lo que tenía que hacer. No había manera de retroceder.

No solté a estrella ni un solo instante, juan Luis me despejo el camino, dándome espacio para caminar lo más rápido. Guiándome a donde debía yo hacer mi parte del plan.

Entrando a la oficina donde se encontraba la única alarma contra incendio que funcionaba. Puse a estrella en un espacio libre de peligros. Tome lo que tavo me había dejado justo en el bote de trapeadores. Le prendí fuego a todo lo que se le podía.

 En cosa de minutos el sonido de alarma ya estaba sonando y retumbando por todo el lugar, se armó el alboroto que esperábamos. Las chicas corrían por todas partes.

Volví a cargar a estrella. Y salí del cuartucho mientras juan Luis me despejaba el camino el tavo y la morena hicieron lo suyo. Con sus municiones, buena puntería la que tenían, sedaron a varios tipos. Dejándolos completamente inconscientes.

Entre los sujetos que estaban en el lugar juan Luis logro encontrar su objetivo. Uno de los tipos que participo en la muerte de su prometida. No se cómo describir el odio que vi en sus ojos. Parecía que las llamas estaban en su mirada y no en el lugar.

Se vieron fijamente los dos, antes que el otro sujeto reaccionara juan Luis ya le había metido un par de tiros atravesándole la cabeza. La escena más sangrienta.

No hubo tiempo de hacer la llamada. Por lo que la masacre ya había comenzado, solo la suerte y puntería nos quedaba.

Sin darme cuenta el indio ya estaba al lado mío. Me miro, dando los brazos para que le entregara la niña. No lo pensé dos veces. Llame la atención de estrella para que me viera a los ojos. Cuando conseguí su atención le hice seña de que se iría con el indio. Ella asintió con su cabeza y se la di. Estaba más segura con él.

El incendio crecía con facilidad, ya estábamos todos rodeados de las llamas.

La muerte andaba en el aire, gritos de las chicas de los guaruras no se distinguía la voz de alguien en especial.

Las llamas avanzaban rápido, al querer salir la puerta se atascó no había manera de salir, por un momento pensé que el infierno se había puesto de fiesta.

Pero como juan Luis se conocía el lugar mejor que nadie sabía perfectamente cómo y hacia donde llevarnos. Como escena de película iba limpiando el camino, para poder salir.

Nos llevó hasta un cuarto que tenía una pequeña puerta, la cual nos daba hacia una de las bodegas, jamás antes había estado en ese cuarto por lo que no me era familiar en absoluto.

 Con fuerza antes de que nos alcanzara el incendio, la abrió. Salió el primero, después yo. Tras de mi salió el indio con estrella.

 Pero la morena le pidió a tavo que saliera el primero, le pidió que fuera por uno de los carros donde se suponía tendría más municiones. El como de costumbre la obedeció no le maliciamos cuales eran sus intenciones.

Cuando ya era momento de que la morena saliera me observo con cuidado, me sonrió. Casi sentí que leía sus pensamientos.

-no morena, vámonos ya es ahora...!!

Me extendió su mano, para darme un trozo de listón rojo, yo incrédula y desconcertada por lo que estaba sucediendo la mire fijamente a sus ojos tristes.

Ella me dio un golpe fuerte justo en el vientre tirándome al piso.

-no parcera, aquí termina mi viaje...

Fue lo último que escuche de ella. Me cerró la puerta atrancándola por dentro, mi desesperación por abrir la puerta era inútil. Las llamas se adueñaron de todo.

-nooooo morena nooooo...!!! Ayúdenme tengo que sacarla de aquí....!

CAMINO VACIO

Juan Luis me llevo técnicamente a rastras fuera del lugar. Tavo ya tenía una camioneta lista. Nos trepamos y avanzamos.

Nos calló la noche en un rato. Tavo se percató que faltaba la morena, viéndome por el retrovisor hizo mueca de dolor. No dijo una sola palabra, en silencio todo el camino fue en silencio. La noche avanzaba. Fue andar por caminos rurales.

Nadie decía una sola palabra. Cada uno llevábamos un propio duelo. La mirada quebrada de tavo hacía sentir la tristeza que él estaba sintiendo.

Tavo conocía perfectamente el lugar al que nos dirigía. Entre algunas calles pobladas, estaba una finca solitaria. Se encontraba en alguna parte de SAN FELIPE en Guanajuato Solo había una familia encargada del lugar.

Una señora ya bastante anciana, vivía solo ella con su hijo y su nieto. Eran empleados de tavo. Jamás imagine que él tendría una finca. Nos bajamos de la camioneta siguiendo a tavo. Al estar casi amanecido, los gallos hacían mención de la llegada un nuevo día comenzaría dentro de una hora.

Observe al indio con estrella en brazos. La niña parecía estar dormida en un sueño profundo, pero solo era eso un parecer. En medio del caos no nos dimos cuenta que una de las balas llego hasta estrella.

Ella no está durmiendo, había muerto en el trayecto. Entendí la mirada del indio aferrándose a la pequeña con dulzura, camino hacia la parte trasera de la finca, era un amplio patio con árboles frutales.

Los rayos del sol pintaban su cabello color castaño, sus manitas pequeñas como si fuese de porcelana. Fue la muerte quien protagonizo, nos dejó más muertos que vivos.

Camino con pasos alargados, y silenciosos. Todos lo seguimos como si se tratara de un desfile. Al estar cerca de un enorme cerezo cruzaron miradas el indio y juan Luis. Creo que no solo la morena y yo teníamos conexión ellos exactamente igual.

-tavo, necesito una pala…

Juan Luis rompió con el silencio filoso. En un breve momento, tavo ya estaba al lado con un par de palas. Ambos comenzaron a cavar.

El indio recostó a estrella en el pasto, se quitó su chamarra y la envolvió de forma cariñosa. Luego de darle un beso en la mejilla. La levanto en el aire pare meterla en ese agujero.

Así sin funeral, sin ataúd sin nada.

Todos los presentes rodeamos ese agujero, en profundo silencio. No podía evitar derramar lágrimas. Mis ojos ya habían llorado tanto que me ardían.

Mi cuerpo ya no tenía fuerza, me desplome por completo, permanecí de rodillas por un tiempo largo allí inmóvil solo llorando.

Fue tan terrible entender que no solo enterramos a la pequeña estrella, también a la morena, a cadáver 19 en la mente, en el corazón convertimos el patio trasero de esa finca en un cementerio de emociones.

La mañana nos atrapo por completo. No sé cuánto tiempo estuvimos en ese sepelio tan triste. Al cabo de un rato tavo nos llevó adentro de la finca. Era tanta mi ausencia de juicio que no me había percatado de mi apariencia.

Tenía una quemadura en la mano izquierda, la poca ropa sucia. Sangre en las manos, el vientre y rostro. Estaba descalza.

La señora que atendía la finca de tavo me miro con curiosidad.

-señorita, quiere que le consiga ropa? Aquí cerca no me tardo.

Yo no respondí solo le asentí con la cabeza.

-no me tardo nada. Aquí en la mesa les dejo unos panes y un atole.

Salió con calma, se llevó a su nieto. Tavo y juan Luis comieron con prisa. Yo no pude comer nada. El indio de igual forma en una silla sentado viendo solo al piso.

La libertad que tanto anhelaba justo me sabía a prisión, sin la morena, sin estrella, sin número 19. Que logro tan amargo.

La mañana estaba acercándose al medio día. La señora lala así la llamaban, entro por la puerta de la cocina con una bolsa plástica. Me miro con alegría.

-venga conmigo señorita la llevo para que se dé un aseo. Le tengo la ropa. Sígame…

La seguí sin hablar. Me llevo hasta una habitación de la finca, tenía pinta rustica y humilde algo muy acogedor. Me dejo la bolsa en una cama. Me dedico una sonrisa y se marchó.

Entrar en la ducha era lo más reconfortante, eso siempre lo fue. No sé cuánto tiempo estuve bajo el agua caliente pero sé que mucho.

Mientras me cambiaba tome el trozo de listón de la morena y la navaja de la chica 19. La ropa me quedo perfectamente, unos pantalones de mezclilla color azul, una camisa igual azul, y unos botines. Me colgué mi cadena con el anillo promesa.

No tenía otra cosa que hacer en este sitio más que ir directamente a casa. La medusa seguía libre y si se enteraba de lo que hicimos probablemente sus intenciones seria des hacerse de mi familia.

Me dirigí a la sala donde se encontraban juan Luis, tavo y el indio.

-me voy, regreso a casa, la medusa esta con mi familia.

Les hable claro y fuerte. Me miraron con inquietud y curiosidad.

-debes saber algo, nos están buscando. Se libró el peor de los demonios el patrón. Su perro fiel escucho que estrella no era su hija. Está furioso.

Juan Luis hablo, rápidamente se levando de la silla.

-no les fue suficiente matarnos en vida, ahora nos están buscando?

-no podemos separarnos, juntos podemos defendernos, separados nos matan.

- me voy a casa, eso no se discute.

Mis palabras pudieron sonar egoístas pero no iba a negociar.

Se miraron con desconcertó,

-pues nos vamos los 4, no hay de otra.

- no, yo me voy sola.

-o nos vamos los 4 o no se mueve de aquí nadie…

No iba a ganar esta discusión accedí de mala gana. Me dio rabia, pero de alguna forma tenían razón seguramente la medusa no es tan estúpida para estar sola. Ojala se pudra maldita.

El indio seguía sin decir una sola palabra. Tavo se fue a su bodega, demoro un rato al volver traía una mochila probablemente con municiones, sí que son precavidos y hombre de mafia.

La señora lala me dio una estampa de la virgen de Guadalupe, me daba ternura era como una abuela cariñosa. Lo interesante que no parecía sorprenderse con nada en absoluto. Seguramente ya tenía tiempo en este ambiente al lado de tavo.

Juan Luis se desapareció un rato. Luego volvió en una camioneta toda cerrada. Estaba bastante modesta. Nos trepamos a la camioneta sin mirar atrás. El camino parecía tan vacío era como si los demás coches no existieran.

Juan Luis al volante, el indio de copiloto tavo y yo atrás, no sé en qué momento me quede profundamente dormida. No soñé nada, tal cual en la vida real no tenía nada en los sueños igual una página oscura nada más.

REENCUENTRO

El cansancio me empezaba a pasar factura, dormí un par de horas. Un pueblo antes de llegar a casa. Nos estacionamos en una enorme bodega, estos hombre conocen todo rincón de México. No me sorprende nada.

-te vas a quedar aquí con tavo, el indio y yo arreglaremos un asuntito.

Se bajaron de forma rápida y misteriosa. Yo obedecí, tenía un nudo tanto en la garganta como en el estómago. Ahora que más nos faltaba por hacer estábamos tan cerca de casa, se me hacía eterno ver a mi niña.

Luego de un rato juan Luis subió a la camioneta con un radio en la mano, encendiendo la camioneta volvimos a la carretera.

-donde está el indio?

Le pregunte por que nos marchábamos sin él, si se suponía que tendríamos que estar los 4 para seguir vivos.

Esta tras de nosotros nos escoltara, tiene excelente puntería, y velocidad con el arma.

Cuando busque con la mirada no podía creer lo que mis ojos veían, el indio en un caballo con buena finta de vaquero, cualquiera pensaría que se trataba de un campesino indefenso.

Cuando llegamos a tequila mi corazón se aceleraba involuntariamente, mientras más nos acercábamos a casa más ganas de bajarme corriendo me daban no podía esperar.

-te iras tú y nosotros estaremos escoltando. Estaremos al pendiente.

Me dijo juan Luis estacionándose a un par de casas. Yo solo me baje sin responderle nada, literal Salí corriendo a casa. Nadie salió a mi llamado. Fui directamente por la llave de repuesto bajo la maceta de tulipanes.

Al entrar a casa, no había el mínimo ruido, la habitación de mi pequeña estaba vacía. Mi recamara cerrada en silencio. No estaba nadie en casa. Estaba tan concentrada admirando cada rincón creí que jamás estaría de nuevo en mi sitio. Que no me percate de la presencia del indio tras de mí.

Extendió su mano dándome un sobre.

No puse atención a ese sobre cuando entre a casa pero el sí. Era una invitación de boda, la boda de mi marido con la medusa la muy perra se llamaba Elisa maldita.

-esto es hoy?...

Mi voz quebrada, lo vi directamente a los ojos. El solo movió la cabeza en señal de un sí rotundo.

Salí lo más rápido que pude.

-tengo que evitar esto, no puede adueñarse de mi familia.

Camine apresuradamente hacia la camioneta de juan Luis, el parecía leer mi mente o quizá siempre supo los planes de la medusa. Arranco la camioneta sin esperar al indio. Llegando al altar me quede helada.

Baje corriendo, camine hasta la puerta, las personas estaban concentradas en la ceremonia. Una ceremonia que no debió comenzar jamás.

Cuando quise hablar la voz no me salio.sentia que se me salía el corazón. Mi hija estaba hasta el frente sosteniendo una canasta color turquesa. Ella me miro y me conoció en seguida.

-mami…

Me grito, haciendo que toda la audiencia se girara en dirección hacia mí. Incluyendo los novios. La estúpida medusa y mi marido. Permanecí inmóvil por un instante cuando los ojos de ambos se cruzaron con los míos. Todo se tornó de color gris.

Era evidente que jamás imagino la medusa verme de nuevo. Mi marido estaba en shock total, no daba crédito a verme de nuevo.

Mi niña camino hacia mí, cuando estaba por abrazarla me di cuenta de la presencia del guarura con el que días antes estaba la medusa sonriendo, justo el día que mato a número 19, se dirigió hacia mi apuntándome con su arma.

Abrase a mi niña dándole la espalda, fue lo único que podía hacer para protegerla. Las detonaciones de bala retumbaban en la iglesia. Lo que seguía se me tornaba oscuro. Sentía el ardor en mi hombro izquierdo, caí al piso. No vi más nada.

El alboroto crecía entre gritos.

Sentía que flotaba, a lo lejos escuchaba mi nombre, era una voz que jamás había escuchado.

-Miranda…

EL INDIO

Cuando abrí los ojos estaba en un cuarto oscuro. Tenía el hombro vendado un parche en un costado bajo las costillas. El indio en el rincón de la habitación solo observándome.

-donde está mi hija?

Le pregunte, con desdén. Quise pararme pero no pude a la primera, me dolía todo el cuerpo, quizá apenas los golpes de meses me estaban haciendo efecto.

-ella está bien.

Era la primera vez que escuchaba la voz del indio. Tan formal. Me senté como pude.

-donde está mi hija?

-esta con su papa. Ellos están bien, tavo los está cuidando por la sombra, cualquier cosa él nos avisara y se encargara, no te muevas.

-quiero saber que sucedió, lo último que recuerdo son disparos y mi niña corrió hacia mí.

-si el amante de la medusa, quiso matarte. Tú le serviste de escudo a tu hija. Me encargue de él. No te preocupes. Y en cuanto a la medusa juan Luis ya le dio su lección.

Fue el indio quien me salvo de la muerte. El sitio en el que me tenía era desconocido para mí, era como otra finca. Juan Luis estaba de guardia. Mi familia en casa vigilada por tavo.

El indio me explico que era lo que había sucedido para que la medusa consiguiera meterse en mi casa, y adueñarse de mi vida, ella me hizo pasar por muerta. Para todos los empresarios de mierda se les facilita desaparecer gente, y sustituirlos por cadáveres de alguien más.

Yo no fui la excepción, hicieron pasar un accidente, mintiéndole a mi marido, haciendo una obra de terror para que me creyeran muerta.

Lo que me ofende realmente, es la manera tan rápida en la que se olvidó de mí. Como fue que ese amor eterno terminara en un año con mi muerte falsa y una boda.

La medusa supo embabucar a mi marido, hasta conseguir entrar en su vida.

Hablamos durante horas, la primera vez que el indio hablaba en años.

-cuál es tu nombre?

-soy Santiago.

-te agradezco salvarme. Pero no sé con qué fin, si ya me mataron. Quiero ir al lugar a donde me enterraron.

Me levante poco a poco. Poniéndome frente a él.

-llévame por favor.

No respondió nada, solo camino hacia fuera, yo lo seguí a mi paso lento.

El trayecto hacia el cementerio fue en silencio total. Era noche. Entramos de contrabando pues no se permite el acceso, solo en el día.

Cuando me llevo directamente a mi lapida. Sentí un escalofrió que recorría todo mi cuerpo. Este era el momento preciso de ver mi cadáver ficticio.

El tiempo que estuve frente a mí lapida, paso lento y dolorosamente.

Llore nuevamente como una escuincla. La experiencia de ver una lápida con mi nombre es realmente inexplicable. **Me mataron y seguí viva**.

Caminamos durante un rato por los al rededores del cementerio, después terminamos sentados en unas rocas. Simplemente hablando.

El indio, me hablo de su vida y su participación en este jodido mundo. Al igual que juan Luis sufrió traición. Entro en el negocio sucio para vengar a su padre. A quien mataron cuando él tenía 15 años. Desde que era niño lo apodaron el indio, por gustarle la vida de campo.

Tenía agilidad con las armas, sabia como usarlas a ojos cerrados. Su motivo por permanecer en ese mundo era estrella, él fue su padre en todos los sentidos no necesito el lazo de sangre.

La persona más leal a sus sentimientos es el. No se desentendió jamás de estrella el amo más que a su vida. La morena tenía razón.

Ahora no tiene más motivos para seguir en esa vida de porquería.

-te llevare a casa. Tienes una familia que esperan verte.

-Santiago… te veré de nuevo?

-mientras nos sigan buscando, estaremos cerca los 4.pero aun después de eso.

Me conmovió demasiado, me recargue en su hombro. Podría ser el fin o el comienzo de nuestras vidas.

Avanzamos hacia casa, tavo estaba cerca vigilando. Cuando estacionamos baje de la camioneta, sin mirar atrás. Enseguida salió mi marido de casa a encontrarme. Me abrazo con fuerza, me queje por un momento, tenía dolor por las heridas. Me soltó enseguida al darse cuenta de mi reacción.

-no quiero lastimarte. Vamos estas en casa.

-Miranda… estaré siempre cerca, lo sabes. No tendrás que preocuparte voy a protegerte.

La voz del indio me desconcertó, me había seguido hasta la puerta.

-no es necesario. Esta conmigo y en casa.

Mi marido le respondió tajantemente.

-le hablaba a miranda no a ti…

Mi marido molesto dio un paso hacia el indio, me puse de frente. No necesitaba una riña más. Era absurdo.

-lo se Santiago, gracias. Yo también estaré…

Le respondí. Camine hacia dentro de casa sin mirar atrás. Sabía que el indio permanecería fuera de casa. No habría forma de convencerle de lo contrario.

Entre directamente hacia la habitación de mi hija ella dormía. Era mi paz, mi fuerza verla dormir, era lo que necesitaba.

Después me dirigí a mi habitación. Con muecas de dolor me recosté al costado de mi marido. Me abrazo con dulzura y cautela, al ver mis heridas. Solo quedando en silencio, sabía que sus pensamientos tenían dirección hacia el indio.

-Sebastián, aun después de muerta te sigo amando.

-lo sé y tenerte conmigo de nuevo es revivir. Te amo

El beso más dulce hizo la noche eterna cortando el tiempo de dolor…

Las muertes que deje atrás, son mis cicatrices del alma. Mientras mi cuerpo sana, seré una intermitente de la felicidad, cada día puede ser el último para mí. Terminare diciendo felices hasta que me encuentren.

Este no podría ser el **FIN.**

AUTOR

Diana Marina Esparza De La Rosa